MENSCHENKINDER

ERZÄHLUNGEN

Von CHRISTOPH QUEST

Herstellung und Verlag:
BoD - Books on Demand, Norderstedt
ISBN 978-3-7357-9106-1

Danke

An meine geliebte Familie
meine Frau Doris
meinen Sohn Jörn
meinen Sohn Jan
meinen Lehrer Prem Rawat
und
danke allen Menschen
die mir zugehört haben
wenn ich erzählt habe
ohne sie wäre ich still geblieben

Danke

GEDICHTE VORNEWEG

Da ist dieses große schwarze Loch

Innen –
Da ist dieses große schwarze Loch
Da sind
Die Gewehre die Gräben
Die Mauern
Innen
Da ist diese Rasierklinge
Der Weg der mich durchschneidet
Und mich
Mit vollen Händen
Blumen verteilen lässt
An meine Nachbarn
Die Kinder
Blumen aus Schwärze
Trockenem Holz und
Blutigen Dornen

Innen
Ist dieses schwarze Land
Der Verwüstung vom Krieg
Überzogen des lautlosen Schreiens
Ein Moor das schluckt
Jedes Bemühen die Inseln der Freude
Und des Verstehens zu verbinden
Mit gehendem Schritt –
Frieden
Was ist das?

Abendrot

Zum Abendrot
Sterne gefressen
Dir immer gewünscht
Ach wärst du doch tot

So viele Lieder gesungen
Doch deine Stimme hat nie geklungen

Dann hast du dich entschieden
Und einfach hingeschaut
Wo werden solche Instrumente gebaut?
Stimmen die klingen
Kehlen die singen

Du hast dir getraut
Nach innen geschaut
Wahrhaftig
Im Herzen werden
Diese Klänge gebaut

Jetzt singst du
Zum Abendrot
Still versunken
In dir ist der Jubel
Schalmeien Gesang
In dir ist die Flöte
Der Harfenklang

Dein Herz ist bereit
Du bist jetzt zu zweit
Entdeckst in der Welt
Die Freuden der Zeit

Und singst du lauter
Den stillsten Ton
Ein Stückchen Ewigkeit
Bleibt dir davon

Das ist dein Lohn
Gewonnen
Gewonnen
Im Abendrot

Das Lied der Liebe

Ich will das Lied der Liebe singen
Das so oft dem Herz entsprungen
Doch den Mund verschlossen hat

Ich will das Lied der Freude singen
Das so tief in mir geklungen
Doch das Herz so schwer gemacht

Ich will den Jubel Gottes tanzen
Der in meinen Füßen schlummert
Doch das Gehen irr gemacht

Ich will den Glanz des Tages preisen
Der die Augen blitzen macht
Und für immer jetzt das Herz enteisen

Ich will das Lied der Liebe singen
Das so gern dem Herz entweicht
Dem die Lippen öffnen sich so leicht

Ich will das Lied der Freude singen
Das so dankbar in mir klingt
Strahlend wie mein Herze schwingt

Ich will den Jubel Gottes tanzen
Der meinen Füßen glühend lacht
Und meinen Gang zum Tanz gemacht

Wasser trinken

Wasser getrunken
Und ganz versunken
In das Wasser trinken

Sinken in' s Sternenlot
Menschengebot

Auferstanden
Aus allen Banden

Durst stillen
Menschenwillen

Gott liebt deine Weise
Scheu dich nicht
Singe

Ergreif deine Hände
Und gleite an Wände
In zärtlichem Tun

Zartest den Schlüssel
Zum Herzen des Andern
Berühre

Öffne die Türe
Des nächtlichen du

AUF EIN GLAS WASSER

Auf ein Glas Wasser

Mach mich bereit.......
für alle Zeit, sogar für Ewigkeit, deine Gesänge zu singen
oder dir als Zeuge zu lauschen, denn klingen die Klingen in mir,
ist's ein Scharmützel mit dir.

Ich sitze in der Stadt Brüssel,
wenn man denn in einer Stadt sitzen kann.
Und vor einer Kathedale. Vor der Kathedrale sitze ich
auf einem grünen Klappstuhl.
Das kann ich noch erkennen,
sonst sind Himmel und Dächer Licht. Mir schwindelt.
Keine Konturen, nur Licht, innen und außen.
Vorgestern gejubelt, gestern gestorben, heute erstanden.
So kann's gehen.

Vor dem Training mit R. gefrühstückt.
Ich sehe mich, wenn ich sie sehe.
Oder ich spüre, dass ich sie sehr gut kenne,
weil ich schon soviel von mir weiß.
Alter weißer Hase. Auch eine Art drum herum zu reden.
Der Alte und die Junge.
Ich liebe dich als wär' ich fünf und du schon sieben.
Ich bin ein Junge von fünf, du ein Mädchen von sieben,
hab' ich geschrieben.
In diesem Splitter von Glück, bin ich der Ritter,
der dich beschützt, und ich kann dich lieben.
Ja, so schimmert die Unschuld zurück.

Tatsächlich habe ich es fertig gebracht
ihr beim Frühstück zu sagen, zwischen uns sei etwas
Kosmisches, nicht komisches, nein Kosmisches.
Wahrscheinlich habe ich dabei sogar das Ei verkleckert,
verschluckt habe ich mich nicht. Und das Gedicht
von der Angst hatte ich ihr auch schon vorgelesen.
Na ja, mit fünf ist man wohl etwas ungeduldig.
 Sie hat aber alles, ganz brav, über sich ergehen lassen,
Kunststück, Mädchen von sieben!
Dann ohne Vorwarnung hat sie einen leisen,
aber lauten Schrei ausgestoßen und hinter mich gezeigt.
Ganz erschrockene Augen hat sie plötzlich gehabt.

Eine Spinne, hat sie gehaucht. Eine Spinne.

Und noch dazu eine große Spinne und das
im Pain cottidien, da gibt es so was nicht.

8

Aber hinter mir aus der Ecke kroch eine ziemlich fette Spinne,
bei dem Essen hier!, auf oder mit langen Beinen?
Langsam kroch sie aus der Ecke die Wand entlang.

Ich mag keine Spinnen, das habe ich ihr aber nicht gesagt,
sondern gehandelt wie ein Ritter. Ohne weiteres Zucken
meinerseits umschloss meine rechte Hand
diese schleppend kriechende Spinne,
und ich eilte zum Ausgang. Vor dem Lokal, auf dem Trottoir,
standen Blumenkasten, und so schlenkerte ich die Spinne
auf Geranien. Rosa. Die Spinne verschwand.
Im lebendigen Licht gibt es Spinnen nicht.

Ich weiß nicht einmal,
ob R. mich bewundernd angeschaut hat,
irgendwie war es ganz normal,
dass ich ihre Angst genommen hatte,
und wir haben einfach weiter gegessen.

Um richtig zu reden muss man in einer fremden Stadt
 immer essen gehen. Oder etwas trinken.
Trinken ist billiger und essen ist weitaus ungesünder,
weil wir immer zuviel essen.
Sie isst sehr wenig,
dafür esse ich dann noch ihren Teller leer.

Es war eigentlich nichts besonderes,
aber es war einfach schön zusammen zu sein.
Sie ging anschließend zum Friseur und ich zum Training.
Beide hatten wir das nicht nötig,
aber etwas muss man ja tun.
Der eine will schön sein, der andere stark.

Mein Glas Wasser steht längst auf dem Tisch.
Glitzernd wie Diamanten und kühl wie ein Bergbach
und mundet. Herrlich.

Jetzt rollt an mir eine platinblonde Perücke
mit goldener Tasche, Apfel essend,
auf hohen Stöckeln den Gehsteig herunter.
Die Strasse ist leicht abschüssig vor der Kathedrale.
Ich esse auch auf der Strasse, wenn ich allein bin,
auch Äpfel, soll das ein Witz sein. Nein es ist eine Frau.
Oder ein Weib. Oder war mal sieben
und das ist jetzt von ihr geblieben.

Sie kreuzt zwei Paare, die am Nebentisch
wie ich auf Stühlen an einem Tisch sitzen.
Junge Leute von heute. Zwei Frauen, die noch Mädchen
und zwei Männer, die noch Jungs, auch wenn sie erwachsen.

Ich staune. Männer sind so zart in ihrer Art,
ein bisschen wie die Schafe.
Und zwischen allen vieren schimmert Anmut.
Sie trinken und haben sich etwas zu erzählen.
Mit Lachen, und da hält der Bus
und stört mit seinem Krach und seinem Gestank.
In so was steigen wir ein. Wirklich.
Und finden das ganz normal.

Welch ein Wechsel spielt sich ab
von der Wiege bis in' s Grab.
Schon hier ewiger Jubel, welch ein Trubel. Satte Fülle.

Fragt mich im selben Moment ein junger Mann wie spät ?
Er fragt mit Zeichen.
Ich kann ihm mein Handgelenk reichen. Da steht's,
für Sekunden, halb fünf thirty minutes past four,
ich bin ja in Brüssel, merci.
Ich trinke mein Glas leer.

Es ist eine gotische Kathedrale, wie der Mailänder Dom.
Frauen können lächeln, wenn sie so gehen und wissen
sich zu schwenken.
Da kann ich schnell der brasilianischen Bedienung
zurückschenken Blicke mit Feuer.
Wie war das Gedicht mit der Angst.
Ich bin ja nicht zu retten. Wie ging das?

Fassungslos
Todesangst lähmt alle Schwingen.
Da ist kein Singen.
Sterben, Tod selbst süße Pein, da ist kein Sein.

Wer zerschlägt mir das? Wer hilft?
Ich brenne ein, soll sterben, weinen glücklich rein.

Was ist das Schwert, Leben ist es wert,
das trennt mit einem Ziehen den Tod von Angst?
Und Angst vom Blühen ?

Das, was es wirklich nicht gibt, ist Angst.
Selbst Tod ist Leben.
Doch verwehrt mir Angst das klar zu sehen.

Einer hilft, der Brunnen ist.
Ich muss nur zu ihm gehen,
mit dem Durst in meinem Mund,
Wasser des Lebens zu wollen gestehen,
und ich werde, was ich bin: gesund.

Das, was es wirklich gibt, ist Liebe.

Und auf dem Tisch nebenan stehen Gläser, ein Wasser,
ein Wein, zwei Bier und ein Leeres wie meines.

Adieu für heute. Ist das schön, spazieren sitzen.

DAS SALZ DER ERDE

Das Salz der Erde

Im Atmen
Weißt du
Dass die Augen
Flüssig sind
Ein Siegen
In der Zeit
Du bist
Der Kuss der Ewigkeit

Gab es die große Stadt
Die reich an Gaben
Wohlstand formte
Jedem Geschlecht das lebte
Arbeitete webte starb
Man nannte sie die
Hohe Stadt

Gab es die stolze Witwe
Reich vor allen
Wollte mehr und alles
Was es nur gab an Schätzen
Ihre Schiffe sollten bersten
Vor Juwelen Schmuck und Zierrat
An Gold an Gold an Gold

Doch war die Zeit und der Verfall
schon fortgeschritten
So viele litten Hunger hatten Not
Und viele kannten kein Erbarmen
Und Gott schien fern
Es gab kein Brot

Die Schiffe liefen ein
Mit voller Ladung
Du bringst das Beste
Das es gibt
Ja spricht der Verwalter
Zu der stolzen Witwe
In dieser Zeit der Not
bring ich dir den
Höchsten Reichtum
Deine Schiffe sind gefüllt
Mit Gold mit Gold
Mit goldenem Weizen
Brot für die Menschen

Da funkeln dunkel
Die Augen der Stolzen
Wo sind die Juwelen
Wo der Schmuck
Den Weizen in das Wasser
Schütt' ihn in' s Meer ich will
Das Gold das Gold das Gold

Nein schreit der Verwalter
Doch die stolze Witwe straft
Es ist mein Wille
Den Reichtum über Bord
Es gibt kein Brot
Und so geschieht es
Das Meer verschlingt den Weizen

Du wirst in Not
Der Erde jeden
Samen Weizen klauben
und wirst nicht satt
Ich bin so reich so reich
Nie wird das geschehen
So die Stolze stahlt

Doch schon am nächsten Tag
Da stranden ihre Schiffe
Die Börse kippt
Am vierten Tag
Verbrennt das Haus
Vom Reichtum ihres Goldes
Bleibt der stolzen Witwe
Nicht ein Gran und
Hungernde der Stadt
Sehn sie am Boden
Jeden Samen Weizen
Klauben die Hungernde

Und kurze Zeit darauf
Zerstört das Meer
Die Stadt die stirbt
Und macht
Die Hungernden
Mit Weizen satt

Und wieder wollte einer
Zu einer anderen Zeit
So stolz so siegreich
Statt Salz und Brot
Nur Gold und immer Gold
Er wusste nichts
Vom Reichtum
Dieser Erde
Nichts von Zartheit
Kraft und Gesetz
Die im Schwingen
Göttliches bewirken
Er wollte glänzen
Ihm ging's um Gold
Um Gold um Gold
Und er bekam was er gewollt
Nur Gold nur Gold nur Gold
In Truhen Sälen
Kammern Häusern Gold
Gold Gold Gold

So lud er denn zum
Feste feiern Menschen ein
Sie kamen angezogen von dem Gold
Dem Gold dem Gold
Und fanden seine Speisen fade
Die Gäste konnten nicht
Genießen und blieben seinen Schlössern fern

Denn Menschen wenn sie lieben sind
Die Wesen die genießen
Wissen wohl um Zärtlichkeit
Um Frieden um Respekt
Sie kennen reichen Wohlstand
Und bleiben fern dem Gold
Dem Gold dem Gold

So karrte dann der Mann des Goldes
Sein Gold in Fuhren in die Stadt
Zu kaufen das begehrte Salz
Das würzt die Speise
Klart die Träne heiter

Und immer wenn er kam
mit seinen Karren in die Stadt
voll Gold so ward
verwandelt alles Gold
in Salz in Salz in Salz
Und fuhr er heim
auf seine Schlösser
so ward' s im Augenblick
zu Gold zu Gold zu Gold

So hat die Gier dem Einen
Wahr gezeigt
Dass er den Tanz
Verlernt sieht er
Im Gold im Gold im Gold
Das Salz der Erde

Und kam der Tag
Da weint' er bitterlich
Und siehe seine Träne
Golden gebar das Salz
So spielt das Lied der Erde

DER TANZ
VON MARIE EIN BISSCHEN

Von Marie ein bisschen

Vor fast einem Jahr war ich zu Gast bei Marie und Su.
Es war der 18.April 2005.
Marie hatte nach mir gefragt. So war ich eingeladen
Marie besuchen zu dürfen. Und Su hatte mich informiert.
Bei diesem ersten Besuch stand noch die Idee im Raum Marie
nach ihren Erfahrungen mit dem Wissen zu befragen und auch
über die Zeit Auskunft zu bekommen,
in der sie es erhalten hatte.
Mit der Kamera wollten wir filmen,
aber Marie lehnte dies kategorisch ab.
Und damit passierte es nicht.
Wir hatten ein schönes Gespräch.

Jetzt war der zweite Besuch verabredet worden.
Wieder ein Nachmittag. Wieder saßen wir zuerst
in Su's Bereich innerhalb der Wohnung und tranken Tee.
Es gab wohl besonders an diesem Tag
ständig Anrufe von der Pflegestation.
In der Stille dieser Wohnung klangen die Anrufe
wie Attacken. Su parierte gelassen.
Sie verschwand auch zwei - oder dreimal zu Marie.
Dann war die Zeit für mich gekommen
in Marie' s Bereich einzutreten.

Ein helles, frisch angenehmes Zimmer mit großem Fenster.
Das Bett stand vor dem Fenster, und Marie lag im Bett.
Das ist ihre Wohnstatt.

Wie beschreibe ich Marie.
Ich sehe nur Hände und ein Gesicht
umrahmt von langen, grauen Haaren.
Große Augen, die mich anblicken und, auffallend,
die oft suchenden Hände. Hände,
die auf der Zudecke ruhen,
wenn sie nicht mit ihrem Gesicht spielen
oder die Tasse nehmen um daraus etwas zu trinken.

Hände, von denen ich nie gedacht habe,
dass sie sich so entwickeln.
Es sind Lebewesen für sich,
vergleichbar mit alten, uralten Echsen.
Und so zerbrechlich. So filigran. Und es sind zwei.

Wie zwei Tiere, die miteinander spielen und doch eins sind.

Und jetzt Marie' s Gesicht. Uralt.
Vergleichbar mit einem ausgewaschenen Felsen.
Einem Krokodil mit dem Charme eines jungen Mädchens.
Dieser Charme, dieser Liebreiz ist das einzige,
was in der nächsten Stunde den Taktstock schwingt.
Wieso ich nicht pünktlich um drei Uhr hier gewesen sei.

Ich war fast pünktlich gewesen, hatte aber,
als ich vor der Tür stand, mich nicht mehr
an Su's oder Marie's Nachnamen erinnert.
Hatte kurz überlegt, es war Parterre gewesen,
und hatte mir dann einfach einen Namen gewählt,
von dem ich dachte, dass er passen könne. Er passte.
Susan öffnete mir mit dem Summer die Tür.

Dann hatten wir Tee getrunken.
Aber ich brauchte mich nicht zu entschuldigen.
Su tat es für mich. Sie wies mich darauf hin,
dass Marie nur sehr schwer hören kann.
Hohe Frequenzen besser als tiefere.

Ich bildete mir ein hohe Frequenzen produzieren zu können,
hatte ich doch für mein Alter eine helle Stimme.
Und als Schauspieler sollte ich das ja wohl hinkriegen.
Bei dem heutigen Besuch ging es nur darum,
dass ich Marie Texte von Maharaji vortragen sollte.
Sie hatte sich das so gewünscht.

Die nächste Frage, die Marie mir stellte, haute mich um,
leiser Schweiß legte sich auf meine Stirn und meine Oberlippe:
„ Glänzt du, oder willst du für andere glänzen?"

Dabei war dieser Satz
von einem hinreißenden, spitzbübischem Lächeln begleitet,
das sich im Augenblick über das ganze Gesicht gelegt hatte.

Ihre Augen blickten mich groß an.
Sie konnte mich sehen, das sagten mir ihre Augen.
Aber von Su wusste ich doch, und auch von Marie selber,
dass sie mich nicht mehr sehen kann.
Jedenfalls so gut wie nicht. Aber sie „ sah „ mich.

Ich muss wohl eine zu lange Pause gemacht haben,
denn Marie fragte sehr laut und dezidiert: „ Ist er noch da?"

Ich war noch da, und so bemühte ich mich
ihr in ebenso lautem Ton zu erklären,
dass ich wahrscheinlich glänzen wolle.

Marie hatte aber tief in mir ein Tor geöffnet,
so dass ich den Unterschied
mit körperlichen Schmerzen spürte.
Ich ertappte mich dabei, wie ich oft,
und oft ist sicher zu wenig,
blitzschnell dabei bin für andere zu glänzen.
Damit verrate ich mich. Ich verrate mich.

Ich kam nicht dazu darüber nachzudenken,
wie ein Fluss, der fließt,
war Marie schon dabei zu rezitieren:
„ Eifrig haschen wir auf Erden / nach des Glückes Schein /
wer sich quält beglückt zu werden /
hat die Zeit nicht es zu sein.“
Und nach diesmal einer ganz knappen Pause:
„ Das ist für ihn speziell.“

Natürlich waren Su und ich begeistert,
wir baten Marie wiederholt
es doch noch einmal aufzusagen.
Marie tat uns den Gefallen, jedes Mal wurde es wunderbarer.
Und ich verstand es.
Wieder hatte sie den Nagel auf den Kopf getroffen.

Ich spürte wie ich ganz einfach nur akzeptieren konnte,
was Marie sagte, auch, ohne mich dabei zu verurteilen.
Einfach meine Reise sehen.
Eine tiefe Dankbarkeit durchströmte mich.

Ich weiß gar nicht mehr, wie es dazu kam,
dass ich im Zimmer stand
und mich bemühte ein Gedicht vorzutragen.
Ich weiß auch nicht mehr, was es war.
Ich weiß nur, dass es überhaupt nicht passte.
Auch wenn ich ruhiger geworden war
und nur für Marie und für Su vortrug.

Ich war gerade fertig,
als Marie mit lauter Stimme verkündete,
ob ich denn nun lesen würde, sie hätte nichts gehört.

Su gab mir mit einem treuen Augenaufschlag zu verstehen,
dass es eben die zu tiefen Frequenzen seien.

Und ganz nah an Marie' s Ohr gebeugt sagte sie,
ich weiß es auch nicht mehr, was sie gesagt hat.
Marie hörte Su jedenfalls ausgezeichnet.
Sagen ist gut gesagt. Es war eher wie Tennis spielen
mit Aufschlägen.

Das Schöne daran ist, wenn die zwei miteinander sprechen,
dann umgibt sie eine zärtliche, innig gewobene Vertrautheit,
die zu spüren allein schon ein Geschenk ist.

Wenn Su mit Donnerstimme verkündet: „Trink mal!"
Dann in die sich öffnenden Hände von Marie
die Tasse schiebt und danach sorgsam
Marie beim Tee trinken beschützt mit den Augen,
das ist ein köstliches Zusammenspiel von Freunden.

Dass es auch anders zugeht,
bestätigen beide mit lautem Gelächter,
immer wieder, im Laufe des Gespräches.

Aus mir plumpst der Satz:
„ Was muss ich tun um schneller zu gehen?"
Wirklich, manchmal ist mir nicht zu helfen.
Nun übersetzt Su den Satz auch noch in ihrer Lautstärke:
„ Was muss er tun um schneller zu gehen?"

Marie' s Antwort, ganz klar: „Gar nichts. Langsam gehen.
Sonst kriegt man nicht alles mit."

Und nach einer Pause,
in der sie ihre Hände an ihre Haare führt,
sie wie Spinnweben aus ihrer Stirn streicht,
wendet Marie mir ihr Gesicht ganz zu,
strahlt mich an und donnert:
„Man muss sich mitteilen wollen,
um sich selbst richtig zu verstehen.
Nicht für sich behalten.
Ich bin im Leben zu schnell gegangen. Soviel gesehen."

Und nach einer kleinen Fermate :
„Verschluckt – nach dem Nächsten geguckt !"

Und mit einem plötzlichen Redeschwall :
„Andere schreiben Bücher und haben nicht Recht,
werden aber bekannt und berühmt!"

Marie meint mich.
Ein prüfender Blick von Su bestätigt meine Befürchtung.

Jetzt kommt Marie auf ihn zu sprechen:
„Es war in Mannheim, als ich ihn zuletzt gesehen habe."

Und dann ist sie übergangslos
in eine Geschichte verwickelt, die sich zugetragen hat,
als sie die ersten Male von Maharaji gehört hat.

Marie ist in Fahrt:
„Ich habe draußen gesessen. Ich war immer zu spät
und vordrängeln wollte ich mich nicht.
Seine Anhänger haben Kaffee getrunken
und Kuchen gegessen. Ich musste außen stehen.
Traurig, ich war ganz traurig. Und endlich waren alle fertig
und haben Abschied genommen.
Ich habe dann in der Ecke gesessen. Und die Tür ging auf.
Er hat meine Hand ergriffen und mich in den Saal geholt.
Es waren viele hundert Anhänger. Mitten im Reden.
Gut zuhören. Und ich bin in Tränen ausgebrochen,
ich habe nur geweint.
Und er hat gesagt, das ist kein Weinen,
du bist einfach glücklich. So bin ich sitzen geblieben.
Ich habe auch wegen meines Weinens nicht verstanden.
Er hat aber gewusst, es hat mich so ergriffen,
dass er in der Welt war.
Und in Worte konnte ich es nicht fassen.
Ich konnte nur weinen, weil er da ist.
Das war eine Erschütterung."

Marie lacht und gibt ihre Erinnerung preis,
als sie zum ersten Mal für ihn Reklame gemacht hatte:
„Ein paar von seinen Premies haben mir ein Plakat umgehängt.
Ein Sandwich. Das ging bis an meine Knie.
Und die Leute haben geguckt und gesagt, die ist verrückt.
Und ich habe gesagt, der wird euch Frieden bringen.
Merkt euch seinen Namen. Ja."

So sagt Marie. Und weiter:
„Das war meine Aufgabe damals.
Aber die Leute wollten ihn gar nicht hören.
Wollten nichts über Frieden hören.
Ich habe gesagt, er kommt in eure Stadt.
Und sie haben gesagt, niemand wird uns Frieden bringen.
Die Welt ist verloren.
Nein, habe ich gesagt, er kommt in eure Stadt.
Aber sie wollten es nicht hören."

Draußen ist wundervolles Wetter. Die Vögel zwitschern.
Wir sitzen drinnen im Zimmer um Marie herum.
Marie ist jetzt 96 Jahre alt.
Und wir wollen, dass sie mehr erzählt.

Sie lacht und ihr Gesicht strahlt,
und du kannst sehen wie sie beim Erzählen blüht.

Eines Tages
sind sieben Schüler in ihre Wohnung gekommen
und haben als Gast einen Mahatma mitgebracht.
Das war einer der Menschen,
die damals durch die Länder reisten.

Sie waren befugt die Techniken des Wissens zu zeigen.
Das sind vier Möglichkeiten sich nach innen zu wenden,
die eigene Aufmerksamkeit nach innen
auf sich selbst zu richten und sich zu fühlen.

Damals vor fünfunddreißig Jahren
hatte ja alles erst begonnen.
Es gab eigentlich nur berührte Herzen
und mehr oder weniger Wunsch und Wille
Maharaji' s Arbeit zu unterstützen.
So, wie es damals eben jeder verstand.
Lernen wollte erst gelernt werden.

Und Marie erzählt weiter:
„Ich habe meine Wohnung saubergemacht.
Jeder Mensch muss von ihm hören.
Und er kommt in dein Haus.
Die Premies haben alles aus der Wohnung geräumt,
die Liege aus dem Schlafzimmer,
ich hatte nicht einmal Zeit mich zu waschen,
ich war auch nicht gekämmt.
Sie wollten nicht, dass ich ihn sehe.
Ich will ihn aber doch sehen, ja, er kommt morgen,
haben sie gesagt."

Su erklärte mir später, dass es Fakiranand war,
der kommen sollte, ein alter Mahatma,
der durch Deutschland reiste und die Techniken zeigte.
Seine Art war geprägt von seinem indischen Denken.
Seine Kraft muss strahlend und wunderbar klar gewesen sein.
Natürlich war er von Leuten umgeben,
die organisatorisch bemüht waren
und sich auch entsprechend fordernd verhielten.
Es war, wie gesagt, der Anfang des Lernens.

Lassen wir Marie weitererzählen:
„Ich war ja so erschrocken, wie er wirklich gekommen ist.
Ich wollte mich schön machen
um ihn angemessen begrüßen zu dürfen.
Aber sechs, sieben Anhänger
haben die Köpfe zusammengesteckt und dann gesagt,
wir haben bessere, du gehst in die Küche.
Da gehörst du hin.
Es waren schöne Gespräche und Gäste von weither,
und ich war in der Küche. Wollte doch hören.
Ich hab' nix abgekriegt."

Wieder ertönt Marie' s Lachen,
und sie sucht die Teetasse mit den Fingern.
Wieder stubst Su Marie' s Hände in die richtige Richtung,
und ich muss denken,
sie kann ja so gut wie gar nicht sehen.

Das Trinken ist ein Vorgang.
Tasse fühlen, dann tasten, Tasse fassen.
Zeit. Tasse schieben.
Den Kopf ein wenig hochrecken.
Dann der schwankende Weg der Tasse,
und Marie trinkt ein Schlückchen. Und ein Schlückchen. Zeit.
Dann ein schnelleres Absetzen der Tasse
und dann wird die Tasse weggeschoben.
Aber die Hände ruhen, bleiben an der Tasse
wie schläfrige Tiere in der Sonne liegen.

Und wieder lacht Marie.
Dieses keckernde Lachen mitten im strahlenden Gesicht:
„Ich war ja so dumm. Ich habe kochen dürfen für ihn.
Ich habe gar nicht gewusst, was für eine Ehre das ist.
Ja, acht Tage war er da. In meiner Wohnung.
Auf dem Boden. Auf einer Matratze. Es war so eine Wucht.
Wenn du dann etwas verstanden hast, war das eine Wucht.
Dann ist er weg, mit seinen Leuten. Alle wollten mitfahren.
Aber mich wollte er nicht mitnehmen.
Jetzt hatten sie aber noch ein großes Plumeau
und meinten, ich kann in acht Tagen nachkommen,
und, bring' das mit.
Habe aber kein Geld um nach Wien zu kommen,
sagen sie, musst du dir hundert borgen.
Kannst nicht umgehen mit Geld.
Muss ich sterben. Was soll ich nur machen.
Hat es geklingelt, sollst nach Wien."

Und aus Marie fließt es, sie glüht:
„Plumeau auf den Rücken,
sie haben mich mitgenommen, auf nach Wien.
Tag und Nacht Satsang gegeben. Drei Nächte hintereinander,
dann hat Fakiranand mir das Wissen gezeigt. Immer hellwach.
Ich habe Sachen gesagt, die ich gar nicht gewusst habe.
Zwei Menschen waren dabei, Zwillinge.
Die durften noch nicht.
Waren fürchterlich böse gewesen, in früherem Leben.
Sie sollten froh sein, dass sie hier sitzen dürfen.
Fakiranand ging auf und ab. Er war nicht böse auf mich.
Ich war immer dabei. Jedes Bild habe ich lange angeschaut.
Da kommt so ein Schnösel und legt die Bilder verkehrt rum.
Hat Fakiranand einen Stock in zwei Stücke zerbrochen.
 Er war jahrelang Priester. In ganz Indien wurde er gebraucht.
Hat von ihm gehört und alles liegengelassen. Aufgegeben,
was er hatte. Wir haben vor einem Bild von ihm gesessen
und Arti gesungen."

Marie' s Augen leuchten.
Ich denke, dass ich nicht glaube, dass sie nichts sieht.
Aber was hat das innere Leuchten mit sehen zu tun?

Marie erzählt weiter, mit Unterbrechungen.
Wenn Su ihr die Haare aus dem Gesicht streicht,
oder wenn ich Plätzchen zu knabbern bekomme,
oder wenn Tee nachgeschenkt wird.

Es muss für Marie sehr tief gegangen sein,
dass sie abgelehnt worden war,
aber dann doch fahren konnte, um das Wissen zu erhalten:

„So habe ich es ganz anders gespürt als die andern.
Wie schmerzlich das ist, in diesem Leben, weg mit ihr,
hat er gesagt. Du bist im Himmel und wirst weggeschickt.
Ich hab' soviel empfangen, wie wenige.
Mein Herz wollte zu ihm. Hab' meine Lektion gelernt.
Hast du mich je klagen gehört?"
Dieser Satz geht an Su.

„Mein Kopf arbeitet klarer" - fährt Marie fort -
„Es ist immer für etwas gut. Er wirft es nicht in den Schoß.
Aber wenn, dann hast du es für immer.
Und wenn sie nicht wollen, holt er sie zurück.
Er ist ja immer mit mir, denke immer an ihn.
Hab' soviel von ihm erfasst, war schon mal für ihn,
hab' gedacht, ich muss sterben, hab' aber weitergelebt.
Waren alles Geschenke.

Wie groß er ist, können wir nicht erfassen.
Wir sind Menschen, er ist Gott.
Wenn du es selbst gespürt hast, kannst du es sagen.
Du bist auf dem Weg. Wenn du auf dem Weg bist,
geh' nicht weg. Du lässt dich ablenken! Das ist für ihn!"

Marie meint mich. Ich weiß es und spüre es.

Und Su beteuert Marie: „Ja, du hast eisern festgehalten."

Marie nickt ganz leise:
„Ja, ich habe festgehalten. Ich habe sein Bild gesehen.
Mein Herz ist hineingeflogen. Wer ist das? Was ist da dran?
Hab' alles stehen und liegengelassen.
Da gab es einen Verein in Frankfurt."

Und Marie kommt wieder auf den Anfang zurück.
Es sind keine Wiederholungen
oder zeitlich andere Begebenheiten.
Sie legt beim Erzählen immer klarer bloß
wie tief die ersten Begegnungen
ihr ganzes Sein aufgerüttelt haben.
Unvermittelt stößt sie hervor:
„Kannst hier wohnen, wir sind alle geheiligt.
Haben sie nicht gesagt, aber sich so benommen."

Und Marie muss sehr lachen.

Mit kraftvollen Tönen gackert sie los:
„Nicht geschlafen, vor dem Altar die Nacht verbracht,
nicht gegessen, nichts gespürt, nur sein Bild angeschaut.
Deshalb liege ich heute hier. 75 Prozent glücklich.
Ich weiß, dass er da ist. Er will mich sehen.
Überleg' mal wie alt ich bin, wie alt ich fühle.
Viele sind weg, zur Kirche gegangen.
Sind auf einem guten Weg.
Sie wollen alle zu ihm und wissen nicht, dass er da ist.
Ich weiß es. Und ihr seid bevorzugt."

Marie erzählt von Charanand,
ein wunderbarer, älterer Herr, den ich auch kenne.
Er hatte sie Wochen vorher besucht, auch zum zweiten Mal:
„Ich kann ihn nicht aufhalten, wenn er zu mir will.
Er hat schon mal an meinem Bett gesessen und Arti gesungen.

Er hat auch alles weggeschmissen, Ruhm, Ehre,
Geld um ihm zu folgen. Es ist schwer alles loslassen.
Musst auch etwas leiden, wenn du es zurückbekommst.
Sind für Jesus gestorben eh sie gesagt hätten,
den kenn' ich nicht."

Jetzt ist wieder so eine Stille, die uns umfängt.
Immer wieder geschieht es.
Und wir alle drei genießen es.
Als ob das ganze Zimmer im Frühling schwingt.

Manchmal ist Marie' s Stimme leise und klingt
wie weicher Samt sich anfühlt:
„Der Flur war mit Glanz erfüllt.
Ihr Karma hat es noch nicht erlaubt.
Gewogen und für zu leicht befunden."

Marie denkt an ihre damalige Nachbarin,
und ich erinnere mich an einen Menschen,
der mich mit diesem Satz verurteilt hatte.
Viele Jahre später hätte dieser Satz auf ihn gepasst.
Aber ich hätte ihn nicht sagen können.
Weil ich einfach gesehen habe,
dass wir alle unseren Weg gehen.
Auf unserer Reise sind.

Und Marie ganz leise und zart:
„Wenn er da ist, du tust nicht alles um ihm zu dienen.
Gott ist auf Erden im Körper. Er ist da. Noch da.
Weißt du wie lang? Wer Ohren hat zu hören, der höre."

Das gilt mir. Ich nicke zustimmend.
Ich weiß wovon sie spricht.
Wie hatte sie gesagt, wenn du es fühlst,
dann kannst du es auch sagen.

Und Marie, zu Su gewandt,
mit einer leichten Drehbewegung
hebt sie das Gesicht aus dem Kissen:
„Su, du weißt, wie ich auf der Suche war. Alles oder nichts.
Karriere aufgegeben, Freunde, Finanzen.
Ich hab' ihn aufgegeben.
Dann wäre ich nicht so nah, wie ich jetzt bin mit mir.
Für alles ist seine Zeit."

Marie kommt noch einmal auf die Geschichte zurück,
als Anhänger sie abweisen wollten:
„Da war mal eine große Versammlung.
Ich war angezogen wie jeden Tag.
So kommst du nicht rein! War ich böse,
mit Füßen getreten, gekickt, und bin so rein.
Er hat mein Herz gesehen und nicht, was ich anhabe.
Waren alle so schön geputzt.
Sagt einer, du wirst auch noch zu ihm kommen.
Hab' ich gehört, du bist schon da."

Und mit einer Hinwendung ihres Kopfes in meine Richtung:
„Man soll sich nicht auf seinen Lorbeeren ausruhen.
Weiter. Weiter."

Und plötzlich ist sie wieder bei Fakiranand:
„Er hat so eine Ausstrahlung gehabt.
Keiner hat zuhören können, die Nachbarin
hat etwas gespürt. Sie konnte nur noch stottern.
Und die Premies sind ihm in' s Wort gefallen.
Er hatte einen hohen Rang. Ohne Schuhe und Socken.
War mir schon kalt, wenn ich es gesehen habe."

Und wieder Stille.

Und Marie ganz unvermittelt:
„Wenn man nicht spürt, ist man nicht drin. Im Herzen.
Folge dem, was er sagt."

Und ich antworte: „So gut ich kann."

Marie bleibt unbeirrt:
„ Du musst Wert drauf legen. Der weiß ganz genau,
was du gemacht hast. Für die Zwillinge darf ich nichts tun.
Siebzig wird er gewesen sein. Gott ist gar nicht lieb.
Das darf er verstehen."

Und eine leichte Bewegung der rechten Hand
verweist auf mich. Auf mich. Und Marie weiter:
„Das habe nicht ich zu entscheiden. Su."

Su sofort und sehr konzentriert: „Ja, das weiß ich."

Marie, die ganz still geworden ist,
auch immer wieder Pausen eingelegt hatte,
erblüht noch einmal:
„Ich bin im Dienst von jemand, dem soll er danken."
Wieder bin ich gemeint.
Und sie fährt fort:
„Kann noch mal kommen. Soll es sagen.
Plapper' ihn nicht voll. Lass ihn gehen."

Und damit bin ich entlassen.

Ich verabschiede mich, weiß gar nicht mehr wie.
Und beim Hinausgehen
flötet Marie noch einmal wie einen Trompetenstoß:
„Jetzt haben wir ihm einen Pfeil in das Herz gesenkt."

Marie lächelt.

Ich brauche fast ein Jahr um die Notizen aufzuschreiben.
Hatte damit begonnen.
War dann aber so aufgeregt und auch unsicher,
dass ich einfach damit aufgehört habe.

Jetzt weiß ich,
dass alles Schritt um Schritt geht und sich entfaltet.
Schritt um Schritt. Auf der Reise.
Für jeden einzigartig.
Ein wahres danke von Herzen an Marie.

Marie ist am 28. Januar 2006 friedlich weitergegangen.
Su hat mir diese Nachricht nach Frankfurt geschickt.

EIN JAHR DANACH

Ein Jahr danach

Am 29. Oktober............
da stockt die Hand und kein Gedanke erfasst,
was an diesem Tag wirklich geschah.
Was für mich geschah, was für meine Familie geschah.
Es war eigentlich nichts besonderes.
Es geschieht vielen und den meisten geschieht es,
einmal geschieht es allen.
Der Tod.
Über den Fluss und wieder zurück.
Die haben so leise mein Herz operiert,
außer dem Tod hab ich nichts gespürt.
Am 29. Oktober 2005.
Am 29. Oktober 2006.............
da stockt wieder die Hand und kein Gedanke erfasst,
was mir geschieht.
Es ist eigentlich nichts besonderes,
und es ist mein Menschenrecht, dass es geschieht.
Ich hoffe, dass es noch jedem Menschen geschieht.
Und doch ist es das Besondere. Das Leben.

Es ist so still, dass es vorüberzieht
wie die Wolken über eine Landschaft,
nur dass es licht ist und hell.

Ich werde in einer Stunde in einer Halle sitzen,
in dunkelblau und silbern ist sie gehalten.
In Europa, in Spanien, in Barcelona,
Ich habe mich dafür angemeldet, über Internet.
Es war ganz einfach. Dauerte Minuten.
Ich habe einen Flug gebucht.
Auch über Internet. Und ich habe ein Hotelzimmer gebucht,
auch über Internet. Es war ganz leicht.
Nein, für das Zimmer hatte ich telefoniert.
Das war für mich noch einfacher,
weil ich das seit Jahrzehnten so gewöhnt bin.

Zum Kommunizieren nicht den Mund aufmachen,
oder wenigstens, wie jetzt stumm, besser halblaut
zu buchstabieren, oder zu stammeln, lerne ich gerade.
Am Computer.
Stammeln ist schon ein Zusammenhang heutzutage.
Deswegen bin ich auch so schnell mit dem Bestellen.
Aber ob ich damit meinen Kriterien gerecht werde?
Immerhin befrage ich das nicht,
denn ich habe ja gebucht und es geschafft.
Das ist für mich eine Leistung.

Sonst musste das meine Frau immer für mich machen.
Und wenn ich es ihr nicht sagte,
dann hatte ich immer noch die Ausflucht, ich kann das nicht,
ich schaffe das nicht, du siehst, hab ich geklagt,
es geht eben nicht, für mich.
Wieso ich beharrlich dumm sein wollte?
Es ist doch so bequem dumm zu sein
und die andern schuldig zu machen.
Unsere ganze Gesellschaft ist darauf aufgebaut.
Bildung nennen wir das, was nur heißt,
dass keiner mehr mit dem Informationsfluss mitkommt,
geschweige denn ihn zu nutzen versteht.
Handhaben ja, für den eigenen Horizont.
Aber das ist dumm. Für die Meisten.
Aber für die Nutzer auch. Wieso ?

Selber denken.
Es gibt zu viele Meinungen,
als dass ich jetzt auch noch meine hinzufüge.
Ich kann jetzt mailen, nach langen Anläufen,
und es macht mir Spaß zu einem Stotterer zu mutieren,
der halblaut vor sich hinbrummelt, wenn er sich äußert.
Ich weiß ja, was ich will. Und das ist gut so.
Mit diesem Satz, das ist gut so, habe ich mich legitimiert.
Alles Klar ?

Zurück zum Zimmer, das ich telefonisch bestellt hatte,
in englischer Sprache, mit deutschem Akzent,
für spanische Ohren.
Ich habe das letzte Zimmer in dem Hotel bekommen.
Nicht deswegen, sondern, weil es noch
das einzige freie Zimmer war. Einzelzimmer.

Ein Freund von mir hatte mir seine Buchung gemailt,
wir wollten ein spanisches Bierchen zusammen trinken gehen,
wie er sich ausdrückte. Da wir dasselbe Ziel hatten und dasselbe,
oder das gleiche? Hotel, lag es nahe, dass wir auch
die Wege gemeinsam gehen würden. Aber es kam ganz anders.
Er kam dann gar nicht.
Weil sein junger Sohn mit achtzehn Selbstmord versucht hatte
zu begehen, und der Freund seine Zeit jetzt
im Krankenhaus zubrachte, statt im Flieger zu sitzen.
Im Flughafen hatte er die Unglücksbotschaft erhalten.
Blitzschnell kann es gehen.
Wie bei mir, von einer Sekunde auf die andere
aus dem Verkehr gezogen.

Und ob es je wieder so wird? Wie es war.
Auch wenn wir schimpfen, wie es ist, wenn es vorbei ist,
wie es ist und anders als es war,
dann wünschen wir, dass es doch so sei wie es war,
damit es so ist wie es wunderbar ist, wenn es war.
Ja, das ist so und es ist wahr. Und das ist gut so.
Keine Wiederholung, klar?

Darum ist heute mein Tag, der 29. Oktober 2006,
mein Tag, so besonders mein Tag.
Auf den Tag ein Jahr später werde ich in der Halle
Eingang1,Reihe 9, Platz 6, sitzen.
Ich erwarte heute den Mann, der so tief,
wie sonst kein Mensch, mich in das Leben gewiesen hat.
Ich sehe ihn gar nicht so oft. Vielleicht einmal im Jahr,
das aber schon seit siebenundzwanzig Jahren.
Jawohl, seit 27 Jahren. Diesmal mit Zahlen geschrieben,
sonst dauert das zu lange, für mein Gestammel.
Das hört sowieso keiner außer mir.
Ich kann auch ungeduldig werden,
und, besser ungeduldig sein.
Bin ich auch meistens, aber ich habe gelernt,
dass Geduld eine Tugend ist, und ich lerne gerne
gute Sachen. Was nicht bedeutet,
dass meine Pferde der Ungeduld nicht mit mir durchgehen.

Aber die Zahl, die Zahl 27 bei Treue und Bewunderung
und Hochachtung und Klarheit, das ist schon kostbar,
das ist schon was. Sieht einfach nach mehr aus
als siebenundzwanzig,
steht auch für Ausdauer, Beharrlichkeit, Beständigkeit, 27.
Ausgeschrieben: 27.

Ich habe den Mann manches Jahr aber
auch schon öfter gesehen. Früher viel öfter.
Nur, mit Frau und Kindern und Beruf und Karriere
und Anerkennung, da waren schon Jahre dabei,
dass ich drauf und dran war zu vergessen,
wie entscheidend wesentlich es ist,
sich an sein Glück im Leben zu erinnern.

Und davon zu trinken,
auch wenn der Durst scheinbar gar nicht da ist,
oder die Vollbeschäftigung mir vorgaukelt,
dass es Durst nicht gibt, weil ich ja jederzeit trinken kann.
Stimmt nicht.

Du kannst nur trinken, wenn du trinken kannst.
Und dann musst du vorher Durst haben,
sonst vergisst du, dass du Durst hast.
Du vergisst zu trinken. Nicht lachen.
Jetzt bin ich einmal ganz ernst.
Lächle.

Ja, lächle.
Ich hatte lange in meinem Leben einfach nicht gewusst,
dass ich vor Durst am verdursten war,
ich habe sogar noch geschrien vor Lachen, oder,
wie wir es auch, hier unter uns, benennen können, diskutiert
und mich auseinandergesetzt mit den Meinungen der Welt und
ihren Göttern.

Dann bin ich einem weisen Mann begegnet,
der hat mich eingeladen zu hören.
Was ich draus mache, hat er mir überlassen.
Aber so ein Gedanke, dass es mehr Götter
auf diesem Planeten gibt als Menschen,
den fand ich klasse. Wieso,
soweit war ich schon, nicht nur nachzuplappern,
aber zu fragen. Wieso so viele?

Ja, weil ein Mensch in seinem Leben mehrmals
seine Vorstellung von Gott ändert.
Dann sind natürlich mehr Götter als Menschen da.

Und bitte lächeln.
„Gott„ ist nun einmal eine Vorstellung von Gott.

Über Vorstellungen weiß ich wieder eine ganze Menge.
Ich habe in meinem langen Berufsleben
als Schauspieler nichts anderes gemacht
als Vorstellungen gegeben, gespielt,
und jedes Mal waren Hunderte von Menschen Zeuge,
sie haben immer mit dem Applaus
den Erfolg meiner Vorstellung bestätigt.

Das letzte Mal in Brüssel waren es tausend jeden Abend und
davor in USA sogar viertausendfünfhundert jeden Abend.
„Entführung aus dem Serail„ von Mozart.

Du suchst Gott? Ja. Ja? Wie sieht es denn aus?
Ja, das weiß ich nicht, meine Vorstellung.....
Aber wenn du nicht weißt, wie Gott aussieht,
wie willst du ihn denn finden, wenn du ihn suchst?

Ich glaube hier, an dieser Stelle,
wäre ich früher exkommuniziert worden.
Aber heute geht das. Heute kann ich das sagen.
Weil ich ja nur nuschele, oder stammele,
und wir uns sowieso gegenseitig kaum hören
oder uns zuhören.
Wir sind eben so schnell geworden, dass wir langsam sind,
wir schleichen, oder wir sind vor Ungeduld am Verenden.
Da wollte ich eigentlich gar nicht hin.
Jetzt hat es sich so gefügt.

Ich liebe das Spiel des Geistes, wenn du Mut hast,
dann willst du wissen.
Wer will schon glauben oder hoffen.
Das kommt danach. Ich will wissen.
Und aufgeklärt will ich sein. Klar will ich sein.
Vor allem, wenn es das überhaupt gibt
an einem Platz wie Mutter Erde.

Vater Himmel Mutter Erde. So teilten die Indianer.
Wussten sie. Und haben das Ganze ganz genossen.

Wir spalten, wenn wir teilen.
Wer will schon den ganzen Kuchen essen.
Ich ja, aber ihn mit den anderen genießen,
deshalb teile ich den Kuchen,
damit alle etwas davon haben,
und ein Kuchen für alle wie ein großer Genuss ist.
Oder ein Geschenk.
Wie die Erde auch für uns ein Geschenk ist, ein Großes.
Und jeder hat seinen Teil und damit das Ganze.
So steht er in der Verantwortung für das Ganze.

Das wird sich auch noch zu den Wichtigen,
zu den Wesentlichen, zu uns rumsprechen.
Und dann fangen wir an aufzuhören.
Aufhören zu klagen, schimpfen, meckern. Wie das geht?
Aufhören, aufhorchen.

Wenn wir schaffen, dann haben wir genug zu tun,
zu schaffen um zu entdecken,
dass Freude unser Ziel und unsere Natur ist.
Und das ist gut so. Klar.
Merkt ihr was? Klasse. Das ist gut so.

Ja, ich fühle mich diesem Mann
in tiefer Dankbarkeit verbunden.

Es ist eine Dankbarkeit wie vielleicht für die Sonne.
Die scheint auch, und ich habe den Nutzen davon.
Oder mit dem Regen ist es auch so.
Oder die Erde. Ich habe den Nutzen, dass es sie gibt.
Das ist für mich. Extra für mich? Sicher.
Wenn ich sie mit Dankbarkeit begrüße und wahr nehme.
Nicht nur die Erde, alles ist für mich.

Größenwahnsinn! Nein. Alles ist für mich geschaffen.
Und wenn ich meine Augen schließe, ist alles für mich weg.
Und was für mich gilt, gilt für dich, gilt für jeden hier
auf dieser Erde. Größenwahnsinn? Nein. Klarheit.
Klarheit des Geistes und des Herzens.
Die Geschenke für das Menschsein in Dankbarkeit.

Über dreitausend Menschen
sind an diesem Tag zusammengekommen.
Ich bewege mich wie ein Fisch im Wasser in den Vorhallen.
Weiß, gebrochenes Weiß, wir sagen Eierschalenweiß.
Niedrige Decke mit teilweise rosa Licht.
Beton, Kiesel und Fliesen der Boden.
Es muss die Sonne, das Land sein, Spanien,
solche Leichtigkeit, diese Frische
mit den Formen zu spielen,
und den Rahmen für die Gestalt zu entwerfen,
die wandelt mit anderen zusammen, festlich,
hier ist es gelungen.
Der Boden unmerkbar abschüssig oder, je nach Richtung,
ansteigend, Treppen, Sonnenlicht. Stühle zum Sitzen.

Ich treffe einen Freund, und wir genießen
unser Zusammensein. Eine Nähe, die berührt,
uns aber nicht bindet.
Wir erzählen unsere Lebenserfahrungen der letzten Jahre.
Wir kennen uns schon lange, aber sehen uns nur selten.
Was haben wir alles erlebt. Welche Wege.
Vor fast dreißig Jahren
schwammen wir zusammen im atlantischen Ozean
in türkisgrünem Wasser mit sonnenverbrannter Haut
und entwarfen menschliche Ordnungen für die Menschheit.

Im Ozean schwimmen entwirft es sich ganz leicht,
vor allem, wenn man noch nicht gelernt hat,
das eigene Gepäck erst einmal zu sichten
und selber für eigene Erleichterung zu sorgen.

Augenblick still !

Ich habe jetzt was ganz Wichtiges nicht gesagt.
An dieser Stelle bleibt also etwas ungesagt, das sich noch nicht
wie ein Fisch aus der Tiefe der See heben lassen will
um sein Geheimnis wachsen zu lassen.

Lächeln!

Was ist das Besondere an unserem Gespräch?
Dass wir ungestört in der Halle in der vollen Sonne sitzen
und einen herrlichen Blick in die Stadt haben?
Noch nicht zu viele Menschen, oder zuviel bekannter Gesichter?

Wir wissen beide um unser Leben. Wir kennen Frieden.
Was ist das? Das wissen wir nicht.
Aber wir genießen lebendig zu sein. Jetzt.

Er kommt aus Vancouver über Toronto.
Für diesen Nachmittag nach Barcelona.
Ich aus Berlin, Deutschland.
Aus Frankfurt treffe ich Bekannte, aus München, Münster.
Sonst bleibe ich für mich. Besinne mich. Als Vorbereitung auf ihn.

Wer oder was ist dieser Mann für mich? Ich liebe ihn.
Kann ich das so sagen?
Kann ich Stille lieben?
Ich kann nicht sagen, was ich an ihm liebe. Ich liebe.
Ich liebe ihn. Klarheit und Humor. Weisheit und Lachen.
Und dieses Bezaubernde. Sich auflösen und ganz werden,
einfach ihm lauschen. Zuhören und mit ihm sein.
Und ihn verstehen können. Und dabei ganz bei mir zu sein.
Das ist die tiefste und stillste Freude, die ich kenne.
Ein so tiefer Brunnen, der vollkommene Erfrischung bringt,
einmal eingetaucht.

Ich habe in den letzten 27 Jahren viel erfahren
und viel erlebt. Alles ist eingeflochten
wie die Steine beim Hausbau gefügt sind.

Irgendwann war mir aufgefallen,
dass ich immer nur die Wand sehe und die Steine,
die Steine sind die Wand. Aber dann ist mir aufgefallen,
dass die Fugen viel wichtiger sind, die Fugen,
die zwischen den Steinen sind.
Die Fugen sind Arbeit. Sind Schaffen.

Jetzt weiß ich wieder, wann es mir aufgefallen ist,
dass ich Wände anders sehen kann.

Es war in Köln in einem Industriegebiet,
wo junge Künstler anfingen Theater zu spielen,
in einer Halle, wo Türken vorher Kristallleuchter
montiert hatten. Darf man das heute so sagen?

Der größere Raum war teilweise
mit blauem, königsblauem Teppich ausgelegt.
Ein gelber Schlauch, um warme Luft in die kalte Halle zu blasen,
lag am Boden. Es war eine offbroadway Theatergruppe,
die ihren König vergrault hatte.
Ich war zu der Zeit naiv genug zu glauben,
dass ich ihr König sein könnte. Wollte ich ihn doch nur spielen.
Aber um ehrlich zu sein, es war genau die Zeit
etwas von mir kennen zu lernen,
was mich immer am Lebendigsein gehindert hatte. Angst.
Aber das ist ein anders Thema.

Es ging um das Theaterspiel „Der König stirbt„ von Ionesco.
Nicht Unesco. Das ist was anderes.
Der Dichter ist sehr gut und trifft mit dem, was er erzählt,
genau und schonungslos, wenn man es so sehen will.
Er hat wirklich das Sterben im Drama gemeistert.
Und die Rolle, der König also,
es war ein fetter Braten ihn zu spielen,
eine klasse Herausforderung für mich.

Der junge Regisseur fragte mich, ob ich Kaffee trinke.
Ich bejahte. Wir setzten uns.

Meine Frau hatte ich zum Schutz mitgenommen.
Damals brauchte ich das.
Tatsächlich trug sie an diesem Tag, ohne das zu wissen,
ein Kleid, das die königsblaue Farbe des Teppichs hatte.

Der junge Regisseur schenkte eine Tasse voll,
tat zwei Stück Zucker hinein und fragte mich anschließend,
ob ich Zucker wünsche. Ich verneinte,
worauf er mit großer Selbstverständlichkeit
zwei Finger, Daumen und Zeigefinger, in die Tasse versenkte,
und den Zucker, was noch davon nicht geschmolzen war,
rausfischte. Ich konnte den Kaffee
ob dieser Einfachheit nur akzeptieren.

Ach ja!!
Vorhin das Geheimnis!
Akzeptieren. Akzeptieren ist das große Geheimnis.
Leben akzeptieren. Aber davon vielleicht später.

Der König in dem Stück will nicht akzeptieren,
der will nur leben ohne zu merken, dass er schon lebt
und in einer Stunde tot ist. Solange dauert die Vorstellung.
Das ist von Ionesco so vorgegeben.

Da waren die Königinnen schlauer. Der König hatte zwei davon.
Das passiert uns natürlich auch. Mir auch, sogar drei Frauen.
Aber bei uns ist das meistens zeitlich hintereinander,
in dem Stück war das gleichzeitig,
der Typ war ganz schön zerrissen.

Na ja, der junge Regisseur, der vorher,
bevor er mir den Kaffee angeboten hatte,
die Tasse, mit der er mich bedienen wollte,
auswaschen gegangen war, war beim Zurückkommen
über den gelben Schlauch gestolpert und fast gestürzt.
Ich dachte, der Arme, den musst du schützen.
Aber das brauchte ich nicht. Er war mir nur so ähnlich.
Das wusste ich aber zu der Zeit noch nicht.

Er hat gar nicht gemerkt,
dass er mit den Fingern in meiner Tasse rumrührte,
und hat mir die volle Tasse rübergereicht.

Später habe ich auf der Bühne noch vorgesprochen.
Das war ein Witz.
Aber er kannte mich nicht.

Und mein Ego war an diesem Tag versöhnt,
versöhnt durch die Geschichte mit der Kaffeetasse.
Was ich auf der Bühne an Vorstellung vom Sterben gab,
hat den jungen Regisseur so erschreckt,
dass er wie ein Wolf schrie und jaulte
und in der riesigen Halle bei meinem Spiel rum rannte,
auch schreiend verschwand. Hinterher sagte er mir,
es war viel später, er sei zutiefst gepeinigt gewesen
so seiner Einsamkeit zu begegnen.
Ich wusste, wovon er sprach.

Beim Spielen darf ich genau wissen, was ich mache.
Wenn meine Kunden sich gut unterhalten sollen.
Deswegen kommen sie ja auch.
Und zahlreich, immer wieder, sie kommen.

Ja, das ist die Geschichte
vom sterbenden lebendigen König. Das war die Zeit,
als ich auf den Proben in der Halle die Wände entdeckte.
Steine und Fugen. Akzeptieren, sich fügen.

Die Fugen von Johann Sebastian Bach.
Keine Scheu. Wir Deutschen
sind nun einmal das Volk der Dichter und Denker.
Das bleiben wir, auch wenn wir zur Zeit so spaßig sind.

Lächeln.

Die Fugen haben mich überzeugt.
Und das Leben tat ein Übriges. Wochen nach der Premiere
hatte ich von hier auf jetzt einen Herzinfarkt.
Wie der König im Stück.
Es waren keine Proben mehr und keine Spiele.
Es war fast tödlich. Und sehr schmerzhaft.

Übrigens, wer das hier liest,
wenn er schlau ist wie die Königinnen,
dann geht er oder sie bei den geringsten Schmerzen
sofort in die Notaufnahme einer Klinik.
Die können immer besser helfen als jeder andere.
Und es ist völlig egal, ob einer umsonst sich da einfindet.
Lieber zu oft, als einmal zu spät!

Ich hatte Glück, fast neun Stunden
habe ich mit Vernichtungsschmerzen gekämpft, sogar vor dem
Spiegel im Badezimmer, von Angesicht zu Angesicht,
im Schlosshotel in Bamberg, bis ich mit letzter Kraft
gerade noch einen Arzt holen konnte.

In der Klinik haben sie mir dann gesagt,
unterschreiben Sie das hier,
was wir jetzt zur Ihrer Lebensrettung machen müssen,
kann sein, dass sie sterben.
Wenn sie nur eher gekommen wären.
So viele waren heute hier, die hätten nicht kommen müssen.
Wenn sie nur eher gekommen wären.

Es war das Krankenhaus in Bamberg,
wo wir die Serie „Der König„ mit Günther Strack gedreht hatten.
Deswegen war ich ja auch am Abend von Berlin
mit dem Flieger nach Nürnberg geflogen,
wo der Fahrer der Produktion auf mich wartete.
Am nächsten Morgen sollte ich um 06.30 Uhr
zum Drehen abgeholt werden. Zur Arbeit.
Aber bei uns heißt das Drehen.

Günther und ich haben uns öfter in der Totenkapelle
der Klinik bei Drehpausen über das Leben unterhalten.

Ich hatte ihm dabei auch von dem Mann erzählt,
den ich jetzt gleich in der dunkelblau silbernen Halle
in Barcelona treffen werde.
Günther hat mir damals sehr aufmerksam zugehört.
Er war ein kostbarer Kollege. Seine feine Art
Menschen gut zu behandeln, war mir ein Vorbild.

Er hat mich gelehrt mit Fotografen umzugehen,
nahm mich bei einer Pressekonferenz an seine Seite,
hielt meinen Arm und flüsterte mit zu,
folg einfach meiner Bewegung.

50, 60 Kameras auf uns gerichtet,
und jeder will gute Bilder schießen.
Dazu gehören Augen.
Also deshalb die langsame Bewegung
von links nach rechts, und wieder von rechts nach links.
Lächeln. Und wieder. Lächeln.

Während der Dreharbeiten wurden oft Särge
vor mir in den Krankenhausgängen vorne weg getragen.
Ich fand das gar nicht komisch,
hatte dabei aber immer ein komisches Gefühl im Magen.

Und dann, plötzlich, plauz, lag ich auf der Fresse,
landete ich in der Klinik, und es war kein Film,
und ich verdiente damit kein Geld.
Und ich konnte niemanden damit unterhalten.

Aber das Leben meint es gut mit mir.
Ich habe es wunderbar gesund überstanden.
Ich nenne das Gnade.
Aber vielleicht fing ich in dieser Zeit an zu akzeptieren?
Verstehe das einer, der will.

Mein Leben ist jedenfalls in den letzten 27 Jahren
wie ein Haus gewachsen,
eine Etage habe ich gerade etwas näher beschrieben.
Ein Haus mit vielen Zimmern und manchen Gärten,
in vielen Jahreszeiten. Es ist Glück lebendig zu sein.
Einfach da zu sein. Und zu akzeptieren. Und zu wissen,
dass auf diesem Ozean der Erde, oder des Erdenlebens,
in diesem ungewissen Auf und Ab der Wellen,
und öfter Ab und Ab, die Summe meiner Tage
Glück und Geborgenheit ist.

Das danke ich diesem Mann,
den ich gleich begrüßen kann. Wieso ?

Weil er gekommen ist, und ich gekommen bin.
Beide sind wir da. Um uns zu begrüßen.
Um Geschenke auszutauschen.
Dankbarkeit ist so ein Geschenk. Akzeptieren. Liebe. Wissen.
Freude. Lachen. Schmunzeln. Große Geschenke. Lächeln. Ein
großes Geschenk.
Dieses gewisse Lächeln, das weiß ohne zu wissen.
Eine Fuge im Geschehen.
Eine Wimper mit einem Diamanten aus dem Regenbogen.
Das Versprechen „Gottes" seinen Bund mit den Menschen
zu halten und zu genießen. So sind wir Bundesgenossen, denn...
Denn wir haben des Bundes genossen.
Wer weiß es besser?

In solchen Augenblicken des Festes,
kurz bevor der Reigen eröffnet ist,
erlaube ich mir mein Glück und meine Schönheit zu leben.

Das danke ich diesem Mann.
Welch ein Leben führt er selber!
Mit acht Jahren beginnt er mit dem Tod seines Vaters
die Führung zu übernehmen. Die Führung? Von was?
Der Garant für Leben zu sein.
Eine tiefe persönliche Entscheidung.

Die Verantwortung für Leben zu tragen und sich selbst
in der Fülle, Größe und Bescheidenheit anzunehmen.
Zu akzeptieren. Lebendig zu sein mit allen Konsequenzen.

Auch die Verantwortung für seinen Auftrag,
vom Vater überreicht, anzunehmen,
die lebendige Erfahrung des Lebens
weltweit bekannt zu machen.

Um dies mit einem Satz zu sagen,
wo Tausende von Büchern nicht reichen,
auch nur einen Bruchteil zu beschreiben,
was das bedeutet.
Ich lasse Worte
wie Ehre, Ruhm, Vollkommenheit außen vor.
Nicht Größe und Bescheidenheit.

Ein Thema, dem ich in Deutschland auf die Spur komme.
So ein herrliches Volk und so vermessen.

Aber das ist ein anderes Thema.
Ich erzähle dann von Friedrich Nietsche und Stuttgart,
wo ich ihm begegnet bin.

Oder besser seiner Sehnsucht, seinem Durst.
Dieses wunderbare Wesen, dass an seinem Ende
seine Reise so in wortlosem Stammeln verbarg.
Und schwieg.

Was sollen auch große Worte im Alltagsgeschehen?
Haben wir so sehr vergessen,
dass All Tag das große Wunder ist,
All Tag, und das Wunder haben können?
Das Wunder selber sein können und damit schaffen wollen?
Klarheit ist Trumpf, wenn wir Feste feiern wollen.
Und Frieden und Glück, Liebe und Geborgenheit,
das sind Qualitäten, die ich im Alltag brauche.

Und nicht nur in den Stürmen meines Berufslebens,
auch zu Hause, daheim, im Kreise meiner Familie.
Wenn ich denn schon Vater, Ehemann, Geliebter,
Familienmitglied bin, im Beruf stehe,
und was alle noch so in mir sehen
und entsprechend bewerten und beurteilen,
wie ich es bin, nach ihrer Wertung. Holla. Holla.

Einen Tag leben und abends unversehrt sagen können
danke für diesen Tag, für die Erfahrungen an Lebendigkeit,
ist für mich das Wertvollste geworden.
Ich entscheide das aus meiner Erfahrung,
aus meinem Gefühl, aus meinem Empfinden heraus.
Und das ist wahr.

Ich will wissen. Schon vergessen? Aber nein!
Vor 1, einem! 1 Jahr schien der letzte mögliche Tag
für mich gekommen zu sein.
Ich musste das Tal durchschreiten.
Es war voll Eis und Schnee, gelinde gesagt. Sturm,
ewiger Gletscher, Untergang und Morgenrot und Wärme.
Es war Gnade, um es genau zu beschreiben,
durch was ich ging, und was ich durchlebte.
Und nach, oder ab ? dem 29. Oktober 2005,
da war jeder Tag ein Wunder.

Was ist ein Wunder?
Dass Aschenputtel oder Cinderella, wie sie heute heißt,
im Kutschenkürbis sitzend, von Pferdemäusen gezogen,
an mir vorbei, zum Prinzen fährt?
Sie hätte bei mir anhalten sollen. Der Prinz bin ich.
Ich bin der König. Der König. Ich bin lebendig.

Oder ist das ein Wunder, wenn ich im Lotto gewinne?
Oder Hollywood anruft,
um den Film der Filme mit mir zu machen?
Passiert sowieso noch.
Ich wollte immer der älteste jüngste Mann sein,
und wenn ich sterbe, dann will ich,
dass der Sarg vor Glück platzt, wenn sie mich beerdigen.
Und auf dem Grabstein, wenn es einen gibt,
das ist wieder ein anderes Thema, kann dann zu lesen sein:
„Ich habe den Jubel getrunken, nun bin ich gezähmt."
Wieso nicht?
Eulenspiegel stand auch im Grab noch aufrecht,
wie er aufrecht gelebt hat.
Der Sarg war beim Hinunterlassen gekippt.
Der Eulen Spiegel!

Nichts kommt dem einen Wunder gleich. Das Leben.
Ich bin lebendig. Ich bin im Frieden. Ich bin glücklich.
Ich bin ganz einfach.
So lerne ich die Sprache meines Herzens.
Ich bin. Ganz. Einfach.

Reden ist ja nicht gleich sprechen.
Und hören ist ja nicht gleich alles mitkriegen.
Kriegen. Haben. Sein.
Das Herz ist. Ich bin ganz einfach.
Wenn ich sehe, sehen meine Augen?
Wie beschreib ich, wer sieht?
Wie beschreib ich nur Stille?

Ein Beispiel.
In der Zeit danach, als sie mich so leise operierten,
dass ich außer dem Tod nichts verspürte,
in der Zeit meines Aufenthaltes in der Rehaklinik
durfte ich in das Dorf, oder besser Städtchen, gehen.
Bad Schwalbach. Sonst wird mir das übel genommen,
wenn ich vom Dorf rede. Zu recht.
Ich durfte die Straßen durch den Ort gehen.
Gehen. Gehen. Schritt für Schritt.
Mit Handy. Für den Fall. Wenn ich falle.
Es war Mitte November, dann Anfang Dezember 2005.
Gehen. Schritt für Schritt. Wie das geht?
Eben Schritt für Schritt. Mehr geht nicht.
Und um mich herum liefen die Leute,
auf dem Gehsteig und über die Straße.
Keiner kriegte es mit, dass er oder sie lief, dass sie liefen.
Sie, die gingen, auch nicht.

Es ging einfach so. Sie gingen, liefen, und ich stand.
Schritt. Stehen. Schritt.
Schritt für Schritt. Ich fühlte mein Glück in mir,
das Glück lebendig zu sein,
und ich akzeptierte das Geschenk des Lebens.

Ich sah es an, und ich habe das Geschenk ausgepackt.
Und auch die Menschen um mich herum
einfach gehen zu sehen,
mir schoßen die Tränen aus den Augen
vor Glück und Dankbarkeit.
In der Kälte passiert das oft, vor allem älteren Leuten,
aber meistens rinnt doch nur der Tropfen aus der Nase.

Moment der Stille. Danke.

Ich fühle das Leben innen in mir,
und das Leben beschenkt mich
jede Sekunde mit einer Fülle und einem Reichtum,
dass ich ganz still bin.
Davon kann ich nicht genug bekommen.

Und vor einem Jahr schien es möglicherweise
der Abschluss der Ernte gewesen zu sein.
Die Einfuhr in die Scheuer.

Damals, vor zwanzig Jahren, ein kraftvoller Mann war ich,
Mitte dreißig war ich damals und war oben,
auch Vater und Ehemann und Bauernhausbesitzer war ich,
oben auf dem Heuwagen durch das Dorf gefahren.
Hatte mir den Bauern zusammen das Heu aufgegabelt.
Die Wagen beladen. Das war harte Arbeit.
Die holprige Fahrt, oben auf den Heuballen thronend,
hatte etwas von einer Audienz,
wie es die Politiker heute gerne üben.
Nur waren meine Zuschauer die Felder, die Hühner
und die Kühe. Menschen hatten zu tun, und wenn
dann am Abend, die Arbeit getan war, dann wurde getrunken.
Denn der Durst war mächtig. Und wir belohnten uns.
So sehr, dass wir alle ganz schön schwankten,
auf dem Nachhauseweg.
Da es allen so ging, fiel es keinem auf.
Und die Tiere schliefen schon zu der Zeit als wir zu Bett gingen.
Es war nur der Mond, der schaute zu. Damals.
Das ist lange her. Damals kannte ich Knockout, den Kampf.

Keine Stille, kein Akzeptieren.
Ernte war weit entfernt in der Erntezeit.
Ernte hältst du immer hinterher.
Welch ein Irrtum.
Ernte ist jetzt, immer jetzt und gleich. Punkt.

Und jetzt ist der Augenblick, ich sitze ich in der Halle,
die Türen waren aufgegangen,
die Plätze sind eingenommen,
erwartungsvoller wird es, stiller, festlicher.
Und ich empfange mit einem Herzen voller Dankbarkeit
den Mann, der mir durch seinen Weg
die Möglichkeit gegeben hat
ein reiches, gesegnetes Leben zu leben. Was hat er getan?

Er hatte den Mut vierzig Jahre lang, 40 Jahre lang, unermüdlich,
tagein, tagaus Menschen um sich zu versammeln
und ihnen von der Möglichkeit zu sprechen,
dass innen in uns, in jedem von uns, die Quelle von Frieden ruht.
Sie wartet darauf entdeckt zu werden.

Mit einem einfachen Momentum der Kontemplation
diesen Frieden, diese Liebe nutzen zu lernen.
Sie zu begrüßen. Lebendiges Akzeptieren.
Ja zu wissen und bereit zu sein zu wachsen. Mensch sein.
Alles Worte.

Ich hab in der Bibel gerne gelesen, tue ich heute noch,
sogar mehr als je, bin sogar wieder in die Kirche eingetreten,
weil ich mit den Menschen, mit denen ich hier zu Hause,
in Dreilinden lebe, also in Deutschland, in der alten DDR
jetzt im Westen, es war sogar Todeszone,
weil wir uns hier gut verstehen und geübt haben
miteinander zu leben und zu feiern.
Was hab ich in der Bibel gefunden.
Da sagt doch in der Genesis Gott zu Adam:
„Schau, ich hab diese ganze Schöpfung geschaffen,
das hab ich gemacht und du? Du benenne es."
Ich meine, das hat was mit dem Atem zu tun.
Ich kann das alles mit Worten belegen,
und dann weiß ich immer noch nicht, was das alles ist.

Wir haben eine Absprache, was das alles hier ist.
Erde und so weiter, aber wenn wir ehrlich sind,
wir haben keine Ahnung.
Und werden auch nie eine Ahnung haben
oder gar wissen, was das alles ist.
Benennen können wir.

Welch ein Reich ist uns gegeben!
Und in welcher Unschuld hält uns diese Kraft „ Gott"!

Dann sagt er noch in der Genesis:
„Meinen Ruhm singe ich selber."
Das haut doch den stärksten Eskimo vom Schlitten.
Oder doch nicht? Wenn er seinen Ruhm selber singt?

Wenn ich in der Freude bin, dann bin ich in ihm.
Hey, das macht Sinn.
Es lohnt sich darüber zu sinnen, zu kontemplieren.
Es lohnt sich.

Wenn ich in der Freude bin, Freude schöner Götterfunken.
Hab ich nicht gesagt, die Deutschen,
das Volk der Dichter und Denker.
Sind wir vielleicht alle Liebende
und haben nur nicht den Mut zu unserer Größe zu stehen?
Zu lieben. Wenn wir diese Freude lebten,
dann fänden wir auch den Weg zu unserer wahren Größe,
und wir entdeckten unsere herrliche Bescheidenheit.
Das Leben zu lieben,
lieben zu wollen und lieben zu können.
Und Zeuge zu sein, wie das Leben sich preist.
Nicht preußt. Preisen. Nicht Preise machen. Preisen. Lobsingen.
Hosianna.
Das sind Worte, aber sie kommen aus einem vollen Herzen.
Mit ihnen ist immer gesungen worden, immer empfunden worden.
In dieser Zeit heute, wo wir den Durst verleugnen,
können wir das Lied des Durstes entdecken.

Unsere Ernte ist das Leben selber.

Viel von dem, was ich erzähle,
kann ich selber in meinem Herzen prüfen,
wägen und für wahr erachten.
Weil ich es bin, der das fühlt. Kein anderer.
In den Augen meiner Mitmenschen
spüre ich dieselbe Sehnsucht nach derselben Liebe.
Das lässt mich tanzen.
Weil ich weiß, wer der Wegweiser ist,
sitze ich heute in dieser Halle.
Werde in meinen Spiegel schauen,
von Angesicht zu Angesicht,
mich einfach freuen und still diesen Mann empfangen.

Er hat es vollbracht, dass Menschen
in neunzig, 90, Ländern dieser Erde ihn hören können.
Über siebzig, 70, Sprachen übersetzen ihn.

Er ist so einfach dabei,
so Mensch in Klarheit und Kraft und Humor,
dass ich ihn mit dem Leben selber, wie es in mir strömt,
vergleichen kann. Wir sind da eins.
Es ist das Besondere für jeden. Und doch einzig für mich.

Krumme, Gerade, Schiefe, Gläubige, Ungläubige, Junge, Alte,
Frauen, Männer, krank, gesund, Hautfarbe - jede, Glauben –
jeden, glücklich, unglücklich, alle,
alle habe ich bei ihm versammelt gesehen,
 keiner ging mit leeren Händen nach Hause,
keiner verbündete sich mit jemandem gegen jemanden.
Aber eins in der Freude und eins in der Dankbarkeit
sind alle. Das tut er machen.

Das schafft Maharaji, Prem Rawat,
wenn er kommt und für eine Stunde, eine Stunde erzählt.
Erzählt vom Lebendigsein.
Ich kenne keinen, der ihn sehen wollte,
hören wollte, und dem jemals eine Reise
zu lang oder zu beschwerlich gewesen wäre.
Um ihn zu treffen, mit ihm gemeinsam allein zu sein.
Inmitten von Tausenden, zig Tausenden.

Nie bin ich mit weniger als voll erfüllt,
und reich an lebendigem Wissen und Frieden,
Liebe und Geborgenheit beschenkt,
nach Hause zurück gekommen.
Von zu Hause nach zu Hause.
Erfüllt diese Reise gemacht.
Erfüllt reisen.

Ihn am 29. Oktober 2006 zur selben Zeit zu sehen,
mit ihm zu sein, der ich vor einem Jahr,
fast auf die Stunde genau,
Brustkorb aufgesägt, ohne Herz im Körper
an Maschinen hing, die mich beatmeten,
um überhaupt weiter leben zu können,
das nenne ich unerschöpfliche Gnade und Barmherzigkeit.

Wirklich sind durch ihn
die hohen Versprechungen der Alten an mir wahr geworden.
Wissend den Sinn des Lebens zu leben
und ein Mensch zu sein, zu werden, zu sein.

In allem, was ich tue und spüre,
im Alltag das Wunder lebendig zu sein,
das Wunder leben. Es ist tiefer Umarmung wert.

Ich umarme jeden von euch, der das liest oder von mir hört.
Ein ganz tiefer Glockentanz hebt an sich in mir zu regen.
Dass er jeden berühren möge, wer ist dieser Mann,
der den einen so glücklich machen konnte,
gilt das für mich auch?
Ach.
Find es raus.

Und eines Tages begegnen wir uns,
 treffen uns mit einem stillen Lächeln
und einem Verneigen des Herzens.
Ach
Du auch lebendig?
Weißt um ihn? Weißt um dich?
Ach
Heil.

ERINNERUNG ZUM LIEBHABEN

Erinnerung zum Liebhaben

Ganz leicht, ganz weich wie eine Schneeflocke
sich auf die Erde legt, sie verwandelt,
setzte sich die Nachricht, durch mein Ohr geflossen,
in mein Gemüt. Klara ist am Sonntag gestorben. Gestorben.
Wir saßen hier und haben ein kleines Fest gefeiert.

Sie ist alleine in ihrer Wohnung gestorben.
Ja, sie hatte noch ihren Sohn in Spanien,
in Barcelona besucht. Ich kannte ihn.
Heute ist er mir eher unbekannt.
Als ich ihn kannte, hatten wir schöne Gespräche.
Über das Leben, über Gott, über den Meister.

Westliche Menschen und ein Meister. Gibt es das?
Ist das seriös? Aber ja.
Wenn wir etwas lernen wollen, suchen wir uns einen Lehrer.
Wir merken dann, wenn wir gelernt haben, dass wir einen
sehr guten oder eben weniger guten Lehrer gewählt hatten.
Unsere westlichen Lehrer über das Leben
sind Dichter und Priester, heute auch ein Coach.
Aber sie sind kein Meister.

In das zärtliche Gewebe des Lebens
einen Lichtstrahl einzufügen
bedarf ganz anderer Qualitäten.
Lebensfreude, Klarheit, Bewusstsein, Demut, Bescheidenheit,
Kraft, Liebe.
Alle die Eigenschaften, die uns zu Menschen machen,
wenn wir das denn anstreben.

In der westlichen Welt sind diese Tugenden
zwar erwünscht, aber sie werden von außen angeboten.
Sie dienen eher der erfolgreichen Funktion
eines menschlichen Bürgers, denn eines Menschen,
der sich im Zusammenhang mit der göttlichen Schöpfung
erfahren will. Und der auch seinen Gaststatus hier
mit Dankbarkeit nutzen will, um der einzigartigen Einladung
folgend, auf gerechte Weise lernen und lieben
und dienen lernen will und sich dafür öffnet.

Ein Meister wird immer seinem Schüler
eine lebendige Erfahrung vermitteln.
In seiner hohen Achtung vor dem Schüler
wird er ihn behutsam auf seine eigene Kraft hinweisen.
Denn geht es um Freiheit und wahre Selbstverantwortung.

Wer das einem Menschen eröffnen kann, der ist Meister.
Wenn er dann noch Liebe strahlt,
und diesen Strom auch dem Schüler öffnet,
dann erfüllt er seine Aufgabe einen Menschen zu unterstützen
von der Dunkelheit in das Licht zu gehen.
Er erfüllt sie, er tut es.

Er ist der Meister. Das Besondere ist dann noch,
dass dieser Meister der wunderbarste Schüler ist
und so seine Schüler wahrhaft kennt.
Das wollte einfach mal gesagt sein.

Gerade die schimmernde Oberfläche einer Verheißung gestreift.
Gesegnet, wer einen Meister in seinem Leben akzeptieren kann.
Er ist sich und den Mitmenschen eine Freude. Auch dem Meister.

Es gibt die herrlichsten Geschichten über
diese Freundschaft zwischen Meister und Schüler.

Da will einmal ein Mann wissen,
wer ist der glücklichste Mensch auf Erden?

Wo geht er zuerst hin, vorausgesetzt,
man lässt ihn überhaupt an den Thron ran?
Zum König. Und ist der König ein echter König,
dann wird er ihn fragen, was kann ich für dich tun?

Dieser Eine wird ganz selbstverständlich
seine Frage anbringen:
„Bist du der glücklichste Mensch auf der Erde?
Du musst wissen, dass ich das wissen muss.
Es ist mein tiefstes Anliegen. Denn ich habe raus gefunden,
dass es im Leben nur darum geht glücklich zu sein.
Alles, was wir aufstellen und machen und tun,
produzieren und uns versprechen, dient doch nur dazu,
dass einer oder eine glücklich ist.
Aber ich habe noch niemanden getroffen,
der wirklich glücklich ist.
Du bist der König, du hast alles, du bist glücklich, richtig?
Sag' bitte nicht, dass du es nicht bist.
Hätte sonst keine Idee, wo ich um alles in der Welt hingehen
könnte um eine stimmige Antwort zu bekommen."

Möglicherweise hätte der Eine weiter gesprochen.
Es kommt ja immer wieder vor, dass in Gesellschaft
von erlauchten Menschen niedriger gestellte Menschen
wie ein Wasserfall zu reden beginnen.

Unser König hatte aber Humor.
So war es für ihn ein Leichtes mit einem Lächeln
den Einen zum Hören zu bringen.
„Danke, dass du zu mir gekommen bist.
Ich habe auch schon darüber nachgedacht,
wie es mit dem Glück der Menschen bestellt ist.
Wer ist glücklich, wer ist der Glücklichste?
Er muss uns Menschen viel geben können
und vor allem den Weg weisen, denn ich finde, wie du,
dass es im Leben nur darum geht glücklich zu sein
und zufrieden, um diese Wallfahrt auf der Erde
auch mit Erfolg abzuschließen."

Der König war sehr erstaunt, dass auch er soviel sprach.
Meistens bewegen wir unsere Gedanken im Kopf,
und wenn dann der richtige Gesprächspartner aufkreuzt,
dann sprudeln wir, und oft nicht so gescheit
wie wir es könnten, aber es tut gut.
Da gibt es dann auch keine Rangunterschiede mehr.

Beide versanken sie in ein tiefes Schweigen
und sahen sich einfach an.
Eine Übereinstimmung hatten sie nicht erwartet.

Und nach einen langen Pause,
beide hatten ihre Blicke tief ineinander versenkt,
fing der König wieder an zu sprechen.
„Danke - sagte er - danke noch einmal,
dass du mich diese Frage gefragt hast.
Ich weiß jetzt die Antwort. Du musst wissen,
dass ich in wirklicher Verantwortung stehe
und für viele und für vieles die Anlaufstation bin.
Ein ganzes Volk will durch mich im Segen
und im Wohlstand leben. Ich habe wirklich zu arbeiten
und kann mir diesen Frieden, von dem du sprichst,
nicht erlauben. Selbst, wenn ich ihn manchmal spüre.
Ich werde durch den Alltag immer wieder herausgerissen.
Das tiefste Glück ist mir, wenn es meinem Volk gut geht.
Was das bedeutet, weißt du auch.
Eine Arbeit, die von Anfang an zum Scheitern verurteilt ist.
Also - schüttelte der König seinen Kopf -
ich bin nicht der glücklichste Mensch.
Ich will dir aber sagen, wer mir in den Sinn gekommen ist
bei deiner Frage nach dem glücklichsten Menschen auf der Erde.
Finde den Bettler auf der Straße.

Der muss der glücklichste Mensch sein,
hat er sich doch aller Aufgaben entledigt
und lebt seine Tage. Wie sie kommen, wie sie gehen.
Kümmert sich um nichts. Der Bettler hat mit seiner Reise
wohl schon Schluss gemacht. Was kann ihn anfechten?
Er muss der glücklichste Mensch sein."

Der Eine war zuerst erschrocken über diesen Gedanken.
Er sah von außen den Bettler
als eine erbarmungswürdige Kreatur.
Wie er im Dreck lebt, trinkt,
unangenehm in seiner Erscheinung ist.
Immer, wenn er einen Bettler sieht, hofft er,
dass er nie in diese Situation kommt.

Der König hatte in ihm einen Weg geöffnet,
der ihm gangbar schien.
Keine Verantwortung. Wenn ein Bettler seine Freiheit nutzt,
dann kann er sehr wohl der glücklichste Mensch sein.
Keine Verantwortung, keine Aufgaben, keine Verpflichtungen
und eine Bereitschaft Elend zu ertragen.
Weiß der Bettler auch, dass es keine Lösung in der Gesellschaft,
zu den glücklichen Menschen zu gehören, gibt?

Der König und der Eine, beide lächeln jetzt.

„Spannend, ja, das ist ein Weg,
eine Möglichkeit, dass ich weiter komme.
Es hat sich gelohnt dich aufzusuchen.
Es ist immer gut gleich zum Besten zu gehen,
dann ist es am Leichtesten."
So der Eine.

„Danke für das Kompliment, du hast mir auch gut getan.
Glück auf deinen Weg."
So der König.

Beide scheiden als Freunde.

Vielleicht dauert es eine Zeit,
bis der Eine bereit ist den Bettler zu finden, ihn zu befragen.
Er hat das Gefühl, wenn er jetzt die Bestätigung erhält,
stehen in seinem Leben bedeutsame Veränderungen an.

Es fragt sich Wirkliches nicht so einfach.
Soll ja positive Folgen für die Lebensumstände haben.

Da tut es gut sich Zeit zu lassen und alles zu wägen
und zu bedenken und und....
Hilft nichts, es ist zu tun. Und fragen ist auch ein Tun.

Also kommt der Tag, diesmal am Nachmittag,
als der Eine vor dem Bettler stehen bleibt,
eine Geldmünze in den Hut legt, nicht wirft, legt.
Der Hut ist speckig und der Geruch ist eklig.
Kaum ein Blick, dann ein Räuspern:
"Entschuldigung, habe eine Frage."
Das „ich" hat der Eine verschluckt. Sie oder du?
Er entscheidet sich für Sie.

„Sind Sie glücklich? Entschuldigung meine Frage,
aber ich bin auf der Suche.
Nach dem glücklichsten Menschen auf der Welt,
und ich dachte -
Der Eine wird gestoppt durch einen Anraunzer:
"Willst du mich verscheißern?"
Der Bettler steckt schnell die Münzen,
die in seinem Hut spärlich klimpern, in seine Rocktasche.

Jetzt hat der Eine Mut gefasst.
„Nein, hör zu, ich meine es ernst,
und wenn du meine Frage ehrlich beantworten willst,
dann, hier ist ein Zehner."

Diese Klarheit macht den Bettler wach.
Die Augen fangen an zu blitzen.
Und er reckt sich aus seiner gekrümmten Haltung,
als wollte er seinen Respekt bezeugen.
Nicht wegen dem Zehner, aber weil er spürt,
dass der Eine ihn wirklich meint.

„Wie kommen Sie dazu so eine Frage zu stellen,
du siehst doch, dass ich am Asch bin, das siehst du doch,
wie soll ich der glücklichste Mensch sein."

„ Es sieht so aus, ja, dass Sie am Arsch sind,
aber ich muss bitte von Ihnen wissen, bist du glücklich?"

Lange Pause.
Wer erlebt schon so eine Frage.
Und dann in der Lage, in der sich der Bettler befindet.
In dessen Kopf jagt alles rückwärts.

So ein ganzes Leben kann blitzschnell ablaufen.
Bums in der Kindheit, dann in der Schule,
dann die erste Liebe. Dann der Erfolg.
Und dann der Hass auf alle Niederlagen.
Und dann das langsame Absinken und sich belügen,
dass alles zum Besten steht.
Dann der Verrat und endlich der Tag, an dem das Aus kommt.

Keine Wohnung, keine Frau, keine Kinder, keine Freunde.
Keine Lust zum Amt zu gehen
und dieser rasende verletzte Stolz es allen zu zeigen.
Durch den eigenen Untergang.
Diese Flut brandet wie eine Peitsche, aber sie tut gut.

Ein Hustenanfall, und dann die Entscheidung des Bettlers
die Frage ernst zu nehmen
und den Frager nicht einfach durch Kotzen zu verjagen.

„ Bin ich glücklich?
Bin ich der glücklichste Mensch auf der Welt?"

Zum ersten Mal riecht der Bettler seinen eigenen Geruch,
und mit einer großen Klarheit erkennt er,
dass er selber der ist, der sich in diese Lage gebracht hat.
Und für eine Sekunde versteht er.
Alles in seinem Leben, wie es passiert ist,
es hat sich bezahlt. Es war richtig.
Er ist verantwortlich für sich allein.
Niemand kann ihm diese Verantwortung abnehmen.

Und von wo in seinem Inneren
jetzt diese Flut der Barmherzigkeit aufsteigt
und ihn überschwemmt, will er gar nicht mehr wissen.

Er versteht. Und er schlägt sich auf die Brust
um den Husten zu dämmen, der aus ihm heraus bricht.
„ Ich weiß, was du meinst! Ich weiß, was du meinst!
Ich bin nicht der glücklichste Mensch auf der Erde,
das siehst du doch, dazu gehört Ordnung, und, ich weiß es jetzt,
dazu gehört Freude. Kein Stolz. Freude.
Geh zu Gott. Da bist du gut aufgehoben,
der wird dir die richtige Antwort geben, geh zu Gott."

Der Eine hat dem Bettler sein Taschentuch runter gereicht,
dass er seinen Rotz loswerden kann, und der Bettler
hat das Taschentuch angenommen und benutzt es.

Das schafft Distanz.
Sonst kann sich der Eine nicht verabschieden.
Er ist geplättet. Das hatte er nicht erwartet,
dass ein Bettler ein Mensch ist. Das hatte er nicht erwartet.

Er legt ihm leise den Zehner in den Hut,
verzichtet darauf ihm die Hand zu schütteln und sagt laut:
„Danke, du hast mir geholfen, du hast mir wirklich geholfen."

Der schaut hoch zu ihm:
"Sie mir auch, Sie mir auch, danke."
Der Bettler und der Eine sind schon getrennt,
auch wenn sie noch zusammen sind.

Jetzt kann der Eine gehen, weil der andere ja hockt
und nicht aufstehen kann. Es ist ja sein Platz,
den er sich gewählt hat oder der ihm zugewiesen wurde.

Wieder so eine stille Welle, die den Einen durchflutet.

Er muss laufen und laufen.
Lange geht er am Fluss spazieren
und nimmt nichts von außen auf.
Er sieht nicht, wie die Kinder spielen
und die Liebespaare turteln und wie die Ausländer grillen,
sieht er auch nicht. Er hört keine Schiffe,
die Fahrradfahrer weichen ihm aus,
und er ist sicher zwei Stunden, wenn nicht länger
auf seinen Füßen. Bis er sich in das Gras am Ufer setzt.
Einfach weiter mit den Augen auf dem Wasser
spazieren geht. Was hat ihn so erschüttert?
Er weiß es nicht. Es ist ihm auch egal.
Er fühlt sich einfach aufgewühlt
und gleichzeitig tief geborgen. Was will er wissen?
Der glücklichste Mensch?

Geh zu Gott? Wie soll das denn laufen? Geh zu Gott!
Nicht in die Kirche, nein, zu Gott gehen, wie geht das?

Er rollt sich in das Gras, an dieser Stelle ist es lang
und weich. Sogar von Bäumen geschützt
ist diese Bodenwelle. Und er schläft ein.
Der Eine versinkt in seinen Atem. Und findet sich vor Gott.
Ganz selbstverständlich. Wie auch nicht.

Wenn es denn etwas Allgegenwärtiges gibt,
das auch noch allmächtig ist,
dann ist es einfach sofort Kontakt zu machen.

Leichter als zum König zu kommen oder zum Bettler.
Und dann ist es auch egal, ob er auf der Wiese schläft,
oder wo er gerade ist.

Logischerweise sind Gott und er immer zusammen,
wenn Gott denn, wie gesagt, allgegenwärtig ist.
Das macht Sinn, oder?

Und Gott ist sehr behutsam mit dem Einen.
Erst einmal streichelt er ihn, dann lässt er ihm viel Zeit
sich zu finden, dann freut sich Gott, dass der Eine staunt.
Der Eine staunt wirklich, das hätte er nicht gedacht
überhaupt Gott zu finden und dann auch noch so nah
und so selbstverständlich.

Da kennt er doch ganz andere Dinge
und vor allem kennt er Meinungen, wie es zu bewerkstelligen ist
zu Gott zu kommen, meine Güte, alles so kompliziert.
Für dieses kurze Menschenleben doch gar nicht zu leisten.
Und dann immer wieder Rechenschaft abzugeben
vor den anderen Kollegen.
In diesem Fall sind Menschen anscheinend Kollegen,
wenn es um Gott geht, mit verschiedenen Fraktionen,
nein das ist zu verwirrend.

Jetzt ist er vor Gott. Weder steht er noch sitzt er,
weder liegt er noch tut er sonst was.
Er ist vor Gott, und wie der leiseste Sommerwind
fragt er seine Frage:
" Wer ist der glücklichste Mensch, Lieber, sag es mir,
bitte, sag es mir, wer ist der Glücklichste, bist du es?"

Dann versinken Gott und der Eine
in einen ewigen Augenblick.

Es geschieht ja nicht allzu oft, dass Gottes Anwesenheit
so unverhofft und einfach von einem Menschen genossen wird.
Und Gott liebt Überraschungen, er liebt sie.

„ Wer ist der Glücklichste, bin ich es? Du bist ein Schelm,
dass du mich das fragst. Du liebst das Leben,
sonst kämst du gar nicht auf eine solche Frage.
Du hast Achtung vor dem Leben,
sonst käme dir diese Frage gar nicht in den Sinn."

Gott ist einfach des Lobes voll ob seiner Schöpfung.
Und dazu gehört der Eine ja wohl auch.

Er ist ein Mensch, und wir Menschen sind Geschöpfe.
Auch wenn uns das aus der Erinnerung geschlüpft ist,
weil wir ja durch die Funktionen untereinander
das Gefühl verbreiten, dass wir unsterblich sind.

Geht einer, stirbt einer, wird die Funktion,
das Amt sofort nachgefüllt. Mit dem nächsten Kollegen,
hoffentlich dem Besten. Und alles ist in Butter.
Und Trauer, Leid und Klagen geben ja
wunderbares Material für Berichterstattungen,
da füllen wir die Nachrichten und die Sendungen.
Nachgerichtet, hingerichtet, wer ist der Glücklichste?

Es braucht wirklich eine Verschnaufpause für den Einen.
Es ist so anders sich mit Gott zu unterhalten,
der geht immer gleich auf das Wesentliche
und hält sich nicht mit den üblichen Entschuldigungen
und Erklärungen auf.

„Es ist gut, dass du zu mir gekommen bist,
es tut mir gut. Ich verstehe deine Frage,
es ist wesentlich, dass du das fragst.
Wie willst du sonst in deinem Leben vorankommen?
Du hast das Potential,
dass du der glücklichste Mensch auf der Erde bist,
dafür begib dich bitte noch auf die Wanderschaft zum Meister."

Und mit einem liebevollen Blick auf den Einen
verrät ihm Gott noch: „ Ja, du liegst richtig, ich bin glücklich.
Bedenkst du aber, dass es nicht nur dieses Universum ist,
aus dem du stammst, das ich zu betreuen habe,
sondern, dass es noch unzählige dieser Art gibt,
die ich ständig neu erschaffe und darüber walte,
dann verstehst du auch, dass deine Reise bei mir neu anfängt."

Und mit einem Schmunzeln
fügte Gott von seiner Weisheit noch hinzu:
„Finde, suche nicht mehr, finde.
Geh zum lebendigen Vollkommenen Meister.
Du wirst erfahren, dass er der glücklichste Mensch
auf Gottes Erdboden ist."

Merkwürdigerweise hatte der Eine keine Fragen mehr.
Er war im Frieden und wusste, dass er seinen Weg finden würde.

Der Weg fing damit an, dass er auf der Wiese aufwachte
und nicht fror, aber den wunderbarsten Sternenhimmel
über sich strahlen sah.

Er erinnerte sich an die kleinsten Kleinigkeiten,
ob das mit dem König war, oder mit dem Bettler,
oder mit Gott. Für einen Moment dachte er,
dass er gar nicht weiter forschen sollte,
weil er sich rundum glücklich fühlte.
Aber er sollte noch finden.
Nicht suchen, aber finden, das faszinierte ihn.
Hatte er schon oft gelesen und für klug befunden,
aber so ganz geheuer war ihm nicht dabei gewesen.

Wo ist der Unterschied? Hängt es damit zusammen,
dass ich etwas genau kennen muss, wenn ich es suche?
Damit ich es finden kann?
Und wenn ich etwas nicht genau kenne, wenn ich es suche,
dann irre ich doch nur in der Gegend rum
und werde es nie finden?
Liege ich da so falsch, oder bin ich auf der heißen Spur?

Der Eine hatte viel zu bedenken auf seinem Weg nach Hause.

Und es verging eine ganze Weile Zeit.
Wie finde ich den vollkommenen Meister?
Also lebendig muss er ja sein, Gott lügt nicht
und führt mich auch nicht in die Irre.
Brauche ich also keine Bücher zu studieren
oder Seminare zu belegen. Schwierig.
Der Eine kam sich vor wie der Ochs vor dem Berg.
So nah und doch so weit von einer Antwort.
Wer ist es, der der glücklichste Mensch ist?
Wo finde ich ihn?

Wie kann ich Gran Canyon durchqueren?
Gar nicht. Abwarten und Tee trinken.
Was muss alles im Leben passieren, bis etwas geschieht,
von dem wir spüren, ja, das ist jetzt wesentlich.
Um alles in der Welt diesen Augenblick,
diese Begegnung nicht verpassen, es könnte das große Los sein.
Wir sind doch alle so programmiert,
sonst würden wir nicht immer Lotto spielen,
na, die Meisten von uns. Andere wetten auf Pferde.
Sicher weiß jeder noch viele andere Arten,
wo wir das Glück herausfordern wollen.

Wissen wir überhaupt was Glück ist?

Hat nicht jeder seine Vorstellungen davon
und ändert sie mehrmals im Leben?

Du machst mich zum glücklichsten Menschen der Welt,
und ein paar Jahre später, wäre ich dir doch nie begegnet.
Kennen wir gut.
Natürlich nicht von uns, aber von den andern,
von den Nachbarn. Und von den Kollegen.
Glück, was ist das überhaupt?
Wenn ich es finden will, muss ich es doch kennen.

Der Eine hatte nicht die leichteste Zeit seines Lebens.
Er fühlte sich wie ein großes Loch,
das er verzweifelt nicht stopfen konnte. Was ist Glück?
Wo ist dieser Typ, den Gott mir empfohlen hat,
wieso kann ich ihn nicht finden.
Mein Gott, ich kenne ihn ja gar nicht,
also brauche ich ihn auch nicht zu suchen.

Muss er mich eben finden, das ist ein Spiel.
War das einfach mit Gott.
Hinlegen, einschlafen und ein wunderbares Gespräch führen
und sich auch noch wohl fühlen.
Aber das Ergebnis ist deprimierend.
Weil es kein Ergebnis ist.
Wie, wie soll ich es anstellen, wie?
Der glücklichste Mensch auf der Erde. Wo, wo ist er?

Jeder würde nach Luft fragen,
wenn er nicht mehr atmen könnte,
sie ist da und wird selbstverständlich eingeatmet.
Wenn der Wind nicht wehen würde,
wüssten wir dann von der Luft?
Vielleicht durch die Flugzeuge.
Aber dann wären wir nicht glücklich,
wir hätten es wieder mit Widerstand zu tun.
Jetzt ist sich der Eine nur noch Widerstand.
Nichts geht mehr.

Die wahren Wunder kommen leise. Unverhofft,
und geben sich nicht zu erkennen. Sie geschehen.
Wunder geschehen.

Der Eine war inzwischen sogar umgezogen,
aus seiner Wohnung raus, hatte sich sogar
für neue Möbel entschieden, und hatte darüber hinaus
sogar gute Gespräche mit dem Möbelmann.

Lange Rede kurzer Sinn,
Gott kommt zum Menschen durch die Menschen.
Wäre ja noch schöner,
wenn einer alles alleine packen könnte.
Wir brauchen einander in allen Fragen und auf allen Gebieten.

Und der Möbelmann war der Erste,
der nicht Bahnhof verstand, wenn der Eine davon sprach
den glücklichsten Menschen zu finden, nicht zu suchen.
Im Gegenteil." Kein Problem" - sagte der Möbelmann -
„den zeige ich dir. Weißt du überhaupt,
was das bedeutet, der vollkommene Meister?"

„Na, dass er vollkommen ist?"

„Nein, gar nicht. Hast du schon mal
einen vollkommenen Menschen gesehen, gibt es nicht.
Im Kopf ja, aber doch nicht wirklich" - wusste der Möbelmann.
„ Nein, ein Mensch, der dir Vollkommenheit zeigen kann,
der ist der vollkommene Meister. Es ist noch einfacher.
Komm, frag ihn selber."
Und der Möbelmann nahm den Einen mit zum Meister.

Diesmal war der Eine sehr aufgeregt,
wie sollte er sich benehmen?
Aber es geschah alles viel einfacher,
auch wieder ganz selbstverständlich,
wie bei allen seinen entscheidenden Gesprächen
mit dem König, mit dem Bettler, mit Gott,
so auch mit dem Meister

Der Eine fragte vorsichtig:
„Bist du der glücklichste Mensch auf der Erde?"
Der Meister lachte und nahm den Einen ganz ernst.

„Eigentlich bin ich der glücklichste Mensch auf der Erde,
wirklich, aber wenn du bedenkst,
dass ich meine Schüler unterstütze auf ihrem Weg,
und was sie alles so anstellen. Dann muss ich dir sagen,
nein, ich bin fast der glücklichste Mensch.
Der glücklichste Mensch ist mein Schüler.
Er hat die Möglichkeit zu finden, was ich ihm gezeigt habe.

Er kann in seine Verantwortung für sein Leben zu wachsen,
wenn es das denn will, und dabei sicher sein, dass ihm von mir
Schutz und Pflege, Erinnerung und Korrektur gewährt wird."
Und ein unbeschreiblich liebevolles Lächeln
breitete sich über das Gesicht des Meisters.

Es war so ansteckend,
das es bis in das Herz des Einen floss.
Er vergaß alle Schwierigkeiten der letzte Monate,
oder waren es Jahre gewesen, waren es vielleicht
ganze Leben gewesen, wo er auf der Suche war?
Er fühlte, er hatte gefunden, er war gefunden worden,
und so blieb ihm nur eine Frage:
„ Was muss ich tun, damit ich dein Schüler bin? „

Das Lächeln des Meisters blieb so entzückend.
„Danke, dass du fragst. Höre mir einfach zu,
und dann wirst du selber wissen, wann ich dir zeigen kann,
wie du dich mit dir selbst innen in dir bekannt machst.
Hör mir einfach zu. Das ist alles.
Und lass dir Zeit, Zeit zu wachsen, zu verstehen.
Hör mir einfach zu und vertraue dir in deinem Herzen."

Das hat der Eine befolgt. Er hat es getan.
Und er hat sich eines Tages vom Meister zeigen lassen,
was er zu tun hat, damit er sich selbst kennen lernt.
Innen in sich selbst sich fühlt.

Mit Freude und stillem Staunen hat er sich selbst
als den glücklichsten Menschen auf Gottes Erdboden begrüßt.
Und so ist es geblieben, bis heute.

Und wenn er gestorben ist, dann vermute ich,
dass der Eine immer noch der Glücklichste ist,
halt nur nicht auf der Erde.
Denn es kann immer nur einer für sich selbst wissen,
ob er wirklich glücklich ist.

Ganz leicht, ganz weich wie eine Schneeflocke
sich auf die Erde legt und sie verwandelt….

So war doch gerade der Anfang,
wie eine Schneeflocke setzte sich die Nachricht,
durch das Ohr geflossen, in mein Gemüt,
Klara ist am Sonntag gestorben. Gestorben.
Wir saßen hier und haben ein kleines Fest gefeiert.

Sie ist alleine in ihrer Wohnung gestorben.
Ja, sie hatte noch ihren Sohn in Spanien,
in Barcelona besucht. Ich kannte ihn.

Heute ist er mir eher unbekannt. Als ich ihn kannte
hatten wir schöne Gespräche über das Leben, über Gott,
über den Meister. Ich mochte seine Art,
etwas zynisch, aber ein Herz voller Sehnsucht.
„Du hast dir ja ein schönes Plätzchen im Universum ausgesucht."
Dies mit einem breiten Lachen von ihm zu mir.
So geschehen auf dem Flohmarkt in Berlin.

Klara war, ist seine Mutter. Eine Mutter ist immer.
Eine Mutter kann man nicht verlieren.
Eher seinen Glauben an Gott.
Ich kenne Klara schon so lange. So lange.
In Jahren mit Zeitrechnung knapp dreißig.
Gelebte Leben sicher Hunderte.

Dreißig Jahre sind ja beinahe wie die ersten Schneeflocken,
wenn sie auf der Erde landen, auf den Ästen der Bäume
und Sträucher, den Steinen, kaum gelandet, schon geschmolzen.
Wie im Flug. Aber der Schnee fällt wie die Zeit.
Was tut die Zeit eigentlich? Sie steht.
Aber mit was für einer Geschwindigkeit.
Fast unendlich langsam steht die Zeit
und doch geschmolzen wie der erste Schnee.

Zeit zum Trinken.
Das haben Klara und ich vor dreißig Jahren
begonnen zu lernen. Zeit trinken.
Ewigkeit naschen und manchmal in ihr ertrinken.
Das waren unsere seligsten Zeiten.

Ein Clownsgesicht in einem geschmeidigen Körper
lebte ihre Seele um die ihr blutender Geist lebenslang warb.
In ihrem schönen großflächigen Gesicht
sonnte sich ein breiter edler Mund.
Er konnte sich zu Begeisterungsstürmen
wie auch zu Lobpreisungen öffnen.
Und ebenso schossen aus ihm donnernde Wortkaskaden,
vor denen man sich in Sicherheit brachte.
Verletzen, verletzen konnte Klara nicht.
Im Gegenteil, sie war es, die oft verletzt wurde,
weil es nicht immer einfach war, sie zu verstehen.
Und sie wollte auf hohem Niveau leben und verstanden werden.

Das hat sie zeitlebens auch von sich verlangt.
Reine Sehnsucht, reine Erfüllung. Stille. Dankbarkeit.

Klara war auch eine Marketenderin und die beste Köchin,
der ich je begegnet bin. Sie hat mich essen gelehrt.
Als ich zu ihr kam um kochen zu lernen durch Zuschauen,
hat sie mir zuallererst Sauberkeit und Ehrerbietung beigebracht.
Ich werde nie vergessen, wie sie mich anschubste,
als ich mit dem Löffel aus dem Topf probierte.
Und das zum zweiten Mal.
„Du nimmst gefälligst einen Löffel,
mit dem tauchst du in den Topf, die Suppe schüttest du
vorsichtig von dem Löffel auf einen neuen Löffel,
den darfst du dann in den Mund schieben und kosten.
Falls du das kannst.
Lass dich nie wieder erwischen, einfach so zu probieren.
Vergiss nicht, in wessen Küche du stehst.

Und kurze Zeit später schob sie mir eine Köstlichkeit zu,
die sie gerade zubereitet hatte. Kuchen waren Gedichte,
das Wasser floss einem im Mund zusammen,
wenn man nur daran dachte, Klara backt jetzt Kuchen.
Brote konnte sie zaubern, dass ich das Gefühl hatte
zum ersten Mal zu schmecken.

Ich verstand sie erst später, als sie mir zu Beginn bedeutet hatte,
ich würde fressen und hätte keine Ahnung was essen bedeutet.

Essen ist eine Lobpreisung, ein Fest.
Und das zum Genießen.
Sie hatte so recht, heute, wo ich das erzähle,
erinnere ich mich wieder.
Klara, ich werde mich bemühen wieder zu speisen
und zu danken, versprochen.

Ihr Haar von damals habe ich vergessen.
So bleibt mir die Erinnerung an sie,
wie ich sie die letzten zehn Jahre immer wieder sah.
Gesponnenes Weiß in zarten Locken
hingen ihr die feinen Haare wie Fäden im Gesicht.
Oder sie waren zu Gebilden hochgesteckt
und um den Kopf herum geschlungen.
Mit Schleifen und Klammern verziert,
da entpuppte sich Klara als echte Fünfjährige.
Und wenn sie eine Brille brauchte,
dann war es eine bunte Brille, die ihr auf der Nase hockte
und das meistens schief.

Liebe Klara, du hast mein Leben reich gemacht.
Ich habe soviel von dir gelernt. Das Tiefste und Schönste,
an was du mich hast teilnehmen lassen, war und ist,
weil es unvergänglich ist, deine Liebe zum Leben.

Dein so tiefes Ja zu der Schöpfung, und deine Leidenschaft
die Liebe zu umarmen und ganz in ihr zu verschmelzen.

Deine blühenden Augen werde ich immer erinnern.
Du bist ein Gast hier gewesen,
der aus den Tiefen der Ozeane des Universums,
einer strahlenden Göttin gleich, eine Kaiserin,
das Geschenk der Liebe bereit warst zu empfangen.
Das ist für mich das ganze Menschsein
in seiner Vollendung.

Du hast es gelebt und dafür danke ich dir.

Die Jahre werden weiter ziehen,
die Schneeflocken werden weiter fallen,
wir Menschen werden weiter wandern
und das gesegnete Herz wird sich entfalten.
Und mehr als eine Erinnerung
zum Liebhaben wird die Liebe ewig sein.

ERNTEDANK IN TRIEST

Erntedank in Triest

Mit Sonja's Traumgeschichte im Kopfgepäck
gehen Michael und ich auf die Reise. In den Süden.
Wir fahren natürlich, denn wir wollen
in fünf Stunden in Italien sein, in Triest.
Jetzt ist es zehn Uhr am Vormittag.
Mitten im goldenen Oktober.

Mein liebster Monat.
War ich damals auch fertig ausgeschlüpft zur Geburt.
War, wie man sagt, eine hohe Zange,
hatte mir wohl bis zuletzt Gedanken gemacht,
ob sich diese Lebensreise lohnt.
Aber es war zu spät. Mitgefangen. Mitgehangen.
Jedenfalls war ich reichlich blau im Gesicht
und wohl auch atemlos.

Nach Jahrzehnten und immer noch hier, der Oktober
bleibt ein strahlendes Wunder an Vollkommenheit.
Das Herbstlaub in jungfräulichem Glühen.
Schon ein Brennen, wie vor dem Verglühen.
Ein Wissen um Schönheit und Frucht.

Eine ganze bayrische Landschaft
schenkt sich mit ihrem verführerischen Zauber
im Blau des Himmels und den bräutlichen Sonnenstrahlen
unseren dankbaren Augen.
Unsere dankbaren Herzen tauschen den Jubel
den Freund sehen zu können am Abend in Triest.

Die Berge in Österreich komprimieren
die Farben des Herbstes
und türmen die Früchte himmelan.
Dann kurze Not und Trauer
schwingen in der Landschaft,
drei Wimpernschläge lang.
Der Wagen nimmt auf der Autobahn eine Kurve und,
jenseits von Glauben, das Wissen vom Meer.
Verschwenderische Fülle von Glanz und Weite,
von Wellen, von zärtlichen Besonderheiten.

Triest schmiegt sich am Horizont
so schön und selbstverständlich, dass das Auge
an dieser märchenhaften Linie haften bleibt,
und alle köstlichen Einzelheiten wie Türme, Blütenbäume
und Zypressen diesem Anblick unterordnet.

71

In der Stadt stinkt es und blättert an den Hauswänden
verkommen. Wie in allen Städten, nur eben italienisch
verkommen, malerisch.

Jeder, den wir fragen, bringt uns unserem Ziel
Teatro Rosetti näher. Eine kurze Schleife Irritation,
dann am Teatro Rosetti vorbei, die Straße geradeaus,
vor der großen Treppe, in der engen Gasse
der freie Parkplatz. Das um vier Uhr nachmittags in Triest.
Heureka.
Ruhe und Entspannung.
Rechtzeitig da und bis abends um sieben ist's Mußezeit.

Wir kleiden uns auf der Straße um.
Die Fahrtklamotten aus. Die nackten Beine,
die nackten Oberkörper schlüpfen schnell
in die Abendgarderobe.
Eben noch halbnackte Germanen, jetzt zivilisierte
Europäer spazieren wir zum Theater, inspizieren
den Bühneneingang, schwatzen auf englisch,
auf deutsch und sagen „salve.“

Flanieren weiter und landen wieder mit dem Hosenboden
jeder auf einem Stuhl vor einer prachtvollen Tasse
Schokolade. Nicht Kakao, nein.
Ein Genuss, den man gar nicht genießen sollte,
aber die Tasse muss leer werden, sonst kein Genuss.
Wie immer ist das Unvollkommene vollkommen.
Die herrliche Torte ist zum Verzehr da,
kaputtmachen ist alles, was ich mit ihr anstellen kann,
wenn ich ihr gerecht sein will. Aufessen. Wer hier wen?

Vor dem Theater dann Begrüßungen, Verabredungen
bis hin zum Küssen und Freude.
Nah die Zeit ihn zu sehen, ihn zu empfangen.

Die Tore öffnen sich, und wir sind die erste Flutwelle,
die in die Halle drängt. Ich werde sofort hingeschwemmt
zu Juli, dank meiner eifrigen Steuerung. Freudiges Hallo,
wie schön, dass wir uns sehen, how nice, zwei Karten
und der Gegenwert, Anteil der Theatermiete tauschen sich
und schon rauschen wir die Treppe rauf, und schwapp,
landen wir im Zuschauerraum, Reihe sechs, links außen.
Von unten, Regieseite.
Von oben, Künstlerseite rechts außen.
Heute Abend Regieseite links außen.

Und für die nächste halbe Stunde
nur noch plumps und hops, hinsetzen, aufstehen,
begrüßen, Telefonnummern austauschen, gratulieren.
Freude in vielen Variationen.

Und wieder plumps und hops.
Hatte Juli mir doch Kopfhörer angeboten, hatte ich
abgewunken. Heute, natürlich italienisch, brauche ich
englische Übersetzung. Immer noch Zeit und Ruhe,
Gelassenheit für Michael und mich Kopfhörer zu erhalten.
Hinterlegen von Ausweis und Führerschein
eine Angelegenheit von Minuten. Kopfhörer prüfen.

Und schon beginnt die offizielle Eröffnung des Abends.
Banner mit der Aufschrift in italienisch:
„ Frieden ist ohne Grenzen „ prangen auf der Bühne.
Eine Begrüßung voll des Lobes für das Lebenswerk
und den Auftrag von Prem Rawat.

Gleich links von uns Bewegung im Gang,
es kommen die Herrschaften für die erste Reihe.
Er mitten unter ihnen. Mit seiner Frau. Er. So nah.
So einfach. Selbstverständlich. Ruhe und Gelassenheit.
Und Strahlen. Ein alter Herr, eine Reihe vor mir,
löst sich aus seiner Jacke, braucht Zeit,
bis er sich setzt und den Blick frei gibt.
Fünf Reihen vor mir kann ich jetzt ihn,
im Profil sitzt er zu mir, beobachten,
ich freue mich königlich gelassen.

Derselbe Redner, ein Journalist,
beginnt nach der Begrüßung seine eigentliche Laudatio.
Applaus des Hauses. Um die zwölfhundert Menschen
und Winken des Freundes.
Der nächste Redner ist begeistert, kennt Prem Rawat
von Rom, im Jahr davor, und begrüßt sein Wirken
als sehr positiv, auch für diese Region,
die Grenzen abbaut mit Slowenien.

In liebevollen Wellen rauscht der Applaus als Prem Rawat
an's Rednerpult tritt, es ist die Antwort auf sein Strahlen.

Er spricht vom Frieden,
von der Lebendigkeit im Inneren eines jeden Menschen
auf dieser Erde. Sich mit sich selbst bekannt machen.

Sich mit sich selbst bekannt machen.

Erst muss der Krieg im Inneren gestoppt sein,
dann kann der Friede, der in jedem eingeboren ist,
gefühlt werden. Er muss nicht gelehrt werden,
wie auch die Mutter nie das Baby lehren muss
zu schreien. So natürlich.

Er steht so kraftvoll offen, und er spricht so klar und
einfach und verständlich über die Unwirtlichkeit
von Politikern. Er weiß, was er sagt.
Alles, was du suchst, ist in dir.
Du bist der Frieden, ist das akzeptiert,
verstanden und gefühlt – dann Frieden ohne Grenzen.
Auch außen. Hoffnung für die Welt.

Ich weiß, die Einzige.
Ohne sie ist Schatten, ist Nichts,
ein Schall und nicht mal Rauch.
Und dieser Frieden ist Paradies und staunendes Lernen.
Mensch zu sein – Wunder im ewigen Erblühen.
Dankbarkeit im Wachstum.

Prem Rawat bleibt noch auf der Bühne,
wird auch für diese Rede geehrt, erhält Geschenke,
auch das Wappen von Triest.

Er geht in einer Welle tiefer Zuneigung für Menschen
in dankbarem Applaus, an seiner Seite seine Frau, hinaus.

Michael und ich sind nach ihm die ersten Gäste,
die den Zuschauerraum verlassen.
Fast in seinem Gefolge.

Wir waren heute Abend nicht seine Gäste.
Wir sind seine Mitarbeiter.
Ich wusste plötzlich, ich war an diesem Abend dabei
um ihn zu unterstützen. Ihm seinen Auftrag erleichtern,
einfach mit ihm sein. Das hat mich wirklich berührt.
So habe ich es noch nie wahrgenommen.

Er ist es immer, der mich beschenkt.
Ich kann zurückgeben. Neu für mich.
Hat jede Menge Arbeit losgetreten.

In Leichtigkeit am Auto, wieder erst halbnackt,
dann Touristen. Leckeres Abendbrot von Michael
vorbereitet, Brot und Aufstrich, Schokoladenpudding,
Wasser und flutsch und hops wieder auf der Autobahn
zurück nach München.

Was alles möglich ist zu tun, ist bereits aufgeschrieben
auf der Fahrt bei drei Kaffee.
Durch Regen, Nacht, mit Abwechseln beim Fahren,
sagen wir uns am Hauptbahnhof
um vier Uhr dreißig fürs erste Lebewohl.

Michael saust nach Günzburg weiter,
liegt nah an Augsburg. Ich sitze schon
um fünf Uhr sechzehn trotz Streik im Zug nach Frankfurt.
Der Zug so früh so gut wie leer.
Schreibe diesmal nicht um nicht zu vergessen,
schreibe, weil ich will und wach bin.
Für diesen Mann, für meinen Freund und Lehrer.
Für seine Arbeit da zu sein, sei meine Arbeit gut getan.

Es ist dann sieben Uhr, und die Geburt vollzogen.
Hui, war diese Ewigkeit von Ewigkeit
und dauert immer noch in Ewigkeit.
Drum gibt es Zeit und Raum. Erst jetzt.
Da ich erwacht aus meinem Traum.

Kurz vor Frankfurt in Darmstadt ist der Zug gestopft voll,
eine einzige Wurst an Menschen,
an Möglichkeit zur Seligkeit, an Menschenfleisch.
Ich mittendrin.

Vor einem Gesicht Zeitungsüberschrift oder Schlagzeile:
Du sollst keine anderen Götter neben mir haben.
Das Bild dazu von Dore:
Moses zerschlägt die zehn Gebote.
Moses hat die Gebote von Gott erhalten.
Und in der Zeit seiner Anwesenheit mit Gott und
seiner gleichzeitigen Abwesenheit bei den Menschen
hatte Moses Aaron, seinen Bruder, den Redner,
aufgefordert zum Wohl des Volkes dem Volk zu dienen.
Als Moses vom Berg mit den Tafeln zurückkam,
tanzte das Volk um das goldene Kalb.
Moses hat Aaron leben lassen. Er hat Aaron leben lassen.

Dieses Geschehen ist schon seit so langer Zeit
berichtet worden. Geschieht es nicht immer
und auch heute und auch jetzt?
Es wäre die einzige statische Bewegung
im gesamten Kosmos, wenigstens auf der Erde,
bliebe das Kalb das Kalb.
Es gibt Hoffnung,
geboren aus der Gewissheit des Lebens.

75

Das goldene Kalb wird lernen Wohlstand zu kalben
statt Mangel zu erzeugen, wenn…
Öffnet ein Mensch sich seiner Natur,
zu seinem Frieden in sich selbst
und lernt Verantwortung zu tragen
für dieses Kind in seinem Herzen,
dann klingt das Halleluja wie Sonnenaufgang,
lebendig jetzt, und heilt, was gespalten war
auf Erden und im Himmel.

Gegenüber im Zug noch eine Schlagzeile auf Papier:
„Kein Dschungel ist so schwarz
wie das menschliche Herz." Wo bin ich hier gelandet?
Wer das sagt ist dunkelhart, nicht wahr, Herr Keiner!
Augen sehen nicht, sie sind nur Fenster.
Ist nicht auf jedem Werbeplakat
selbst das zarteste Lächeln im Zentrum eine Lücke,
schwarz schimmert der Schlund. Da lacht die Dunkelheit.
Und ist kein Mensch, der lächelt, ist nur die Dunkelheit,
die Dunkelheit, die meckert.

Das Herz ist immer hell und lächelt
strahlend immer Frieden.
There is a song:
"You came just right in this dark night
Feeling peace such a release
I grow to be a knight in this dark night
Die Liebe spannt den Bogen
Sie hat mich erzogen Liebe zu sehen
Der Pfeil trifft das Herz
Liebe stillt den Schmerz zu leben."

Ich bin der Letzte, der den Zug verlässt.
Hatte mir die Zeit gelassen, zu schauen,
wie schnell ein Zug leer wird von Menschen,
wenn sie ein Ziel haben.
Aussteigen und nach Hause kommen.
Gelungen. Es geht schnell. Blitzschnell.
Ich weiß, es waren nur Minuten, die ich verlor,
aber ich gewann.
Leben ist ewig und jeder ist ein Teil davon.

Um zehn Uhr sechzehn ist die gute Laune
für den neuen Tag frisch gebacken.
Frankfurt hat mich wieder,
und ich bin gerne wieder hier in Frankfurt.

GOTTSEIDANK

Gottseidank

Schreiben, eine Geschichte schreiben.
Ich habe keinen Bock zu schreiben, schon gar nicht,
wenn mich einer fragt. Ich sage natürlich ja und amen
und denke, ich fühle mich geschmeichelt.
Aber in Wirklichkeit will ich nicht schreiben.

Wieso eigentlich? Damit mich jemand versteht?
Oder liebt, oder anerkennt?
Ich weiß ja doch, dass das keiner schafft,
es sei denn ich habe mich anerkannt oder ich liebe mich gerade.
Dann ist es schön, aber sonst?
Ich denke über die Anfrage nach und fühle in mich rein.

Ich bin von den Menschen so enttäuscht.
Und ich nehme mich selbst als so verletzt wahr.
So verletzt, dass ich eigentlich, selbst, wenn ich was Gutes tue,
den anderen verletze. Es ist ein hoffnungsloses Unterfangen.
Bums. Da sitzt der Haken. Hoffnungslos.
Wieso fange ich überhaupt an zu schreiben? Um mich zu klären.
Morgens ist immer eine gute Zeit dazu.

Hat Jesus Geschichten gemacht? Darum ging es bei der Frage,
eine Geschichte um Jesus. 2000 Jahre überbrücken.
Damit sie heute ankommt. Leben kommt immer an.
Ich lebe doch nicht um Geschichten zu machen. Ich lebe.

Was hat Jesus eigentlich gemacht?
Ich habe Doris gefragt, und sie hat gesagt,
der ist mit Liebe durchs Land gegangen. Genau.
Jesus hat einen Weg gefunden mit „ Gott „, was immer das ist,
zu kommunizieren. Ohne seine eigene Meinung
oder sein eigenes Gefühl hineinzutun. Ohne etwas zu wissen!
Einfach zu wissen und zu tun, zu schaffen.
Und er brauchte auch keinen Beweis oder eine Geschichte.

Er hat alles unmittelbar empfunden.
Sonst kannst du nicht sagen ich und der Vater sind eins.
Und Vater steht ja als Wort, als Begriff um Schutz, Umsicht,
Allmacht, Fürsorge, Herzlichkeit, Lachen oder Stille,
Frieden, Liebe zu beschreiben. Dazu fällt mir noch ein:
Im Anfang war das Wort – das ist kein Wort.
Das ist eine Schwingung, die Gottseidank immer da ist.
Auch da, wenn ich weg bin, sie ist immer da, Gottseidank.

Ich mache nicht Geschichten oder Geschichte, ich lebe sie.

Und da fällt mir Gottseidank eine Geschichte ein,
und wir werden sehen, ob sie überhaupt passt.

Im Herbst letztes Jahr habe ich in Antwerpen und Gent
an der Oper gearbeitet. Als Schauspieler an der Oper
zu tun zu haben, ist immer etwas besonderes.
Die Sänger, der Korrepetitor, der Dirigent,
das Orchester, der Einsatz.

Das Wahre und das Falsche. Wir arbeiten so sehr,
dass der Schein echt ist, und wenn dann das Wahre durchblitzt,
sind alle bewegt. Dafür hatte keiner etwas getan.
Dafür kann auch keiner bezahlen.
Es kann auch keiner herstellen.

Wie heißt es bei den Künstlern: sie arbeiten schöpferisch.
Und wie heißt es in den Kirchen:
sie vertreten den Schöpfer, vertreten!
Ist denn bis jetzt keinem aufgefallen,
dass es sich hier um ein und dieselbe Sache handelt?
Der Schöpfer die Schöpferkraft, das Schöpferische.

Wer ist größer als der Schöpfer,
dass er nach reiflicher Sammlung
die Entscheidung zur Unterscheidung treffen könnte ?
Und sagen, dieses sei wahr?

Übrigens Jesus konnte das. Er wusste wovon er sprach.
Dieser Mann hatte sich ja auch aufgegeben,
wie sollen sonst groß und klein zusammenkommen?
Wie bei allen Menschen ruhte in ihm das Große.
Er hielt es umschlossen und hatte die Hochzeit gewagt.
So konnten beide verschmelzen: Der Vater und ich sind eins!
Gottseidank gibt es diese Möglichkeit jenseits von Kriegen,
von Haben: Sein. Und bewusst sein! Zu wem gehören?
Auf wen horchen? Auf mein Sein.
Wo ist denn das? Nennen wir es einfach im Herzen.
Im Herzen im Herzen ruht Gott, und er wartet zu scherzen.......

Aber jetzt wird ja auch in der Kunst kaum noch gelacht,
in der Kirche auch nicht. Draußen vor der Tür ist es ja auch kalt.
Wozu gibt es eine Tür oder ein Tor?
Einen Tod ? Um hineinzugehen. Wenn ich draußen bin.
Aus dem Paradies gefallen! Also draußen.

Wir hatten in Antwerpen jedenfalls viel Spaß. Ich besonders.

Mein Herz oder die Herzgegend tat ab und zu weh.
Der Blutdruck war zu hoch, die Leber geschwollen.
„Sie spielen russisches Roulette „ hatte mir der Arzt gesagt,
als ich vorsorglich zur Untersuchung ging.
Ich wollte ja gesund das nächste halbe Jahr erleben,
zumal ich ja mit meiner Arbeit das Geld verdiene,
das wir zum Leben brauchen.

Übrigens sind wir – die Familie, meine Frau Doris, unsere zwei
Söhne Joern und Jan. Einen Hund Bobby
haben wir alle zusammen.
Ich gehöre bis heute nicht zu den Menschen,
die es verstanden haben das Geld für sich arbeiten zu lassen.

Oh ja, meine Blutfettwerte waren auch katastrophal.
Die Ausgangssituation für gesundes Arbeiten
war objektiv ungesund. Subjektiv fühlte ich mich topfit.
Ich stellte einfach meine Ernährung um
auf frisch gemahlenes Getreide. Das kannte ich schon.
Ich aß wenig, machte geistige Übungen wie die 5 Tibeter
und übte mich auch in körperlicher Ertüchtigung.
Kurz gesagt, ich war richtig gut drauf.
Wenn wir bei den Proben gemeinsam essen gingen,
verstanden sofort alle meine Haltung,
es war in Ordnung wenn ich nur trank.
So sparte ich auch noch gutes Geld.
Und die Arbeit machte wie gesagt wirklich viel Spaß.
Ich habe in der Zeit von ca. sechs Wochen
gut 10 Kilo abgenommen. Endlich konnte ich mich so bewegen,
wie ich es mochte. Schnell, agil und behende.
Dann war ich wieder zu Hause.

Ein paar Tage später,
kurz vor meinen anstehenden Dreharbeiten für das Fernsehen
ging ich ausnahmsweise früh zu Bett und meine Brust tat weh.
Ich hatte meinen Freund Rainer, der Chefarzt und Unfallchirurg
ist, schon nach einem Kardiologen gefragt und die Frage
ob es dringend sei, verneint.
Das mir nun die Brust im Ruhen weh tat, das war mir neu.
Ich erinnerte mich an meine Mutter,
die mir vor vielen Jahren mal gesagt hatte, kurz vor ihrem Tod,
stell dir vor, Junge, ich hatte einen Herzinfarkt
und habe es nicht einmal bemerkt.

Gottseidank kam diese Erinnerung hoch,
und ich bat meine Frau doch Rainer um einen Termin
am nächsten Tag zu bitten. Gottseidank.
Ich wurde noch in der Nacht eine mehrstündige Notoperation.

Von hier auf jetzt,
noch nach der Untersuchung auf der Liege ausgestreckt,
wusch – keine Arbeit kein Geld keine Pläne kein Garnichts.
Und im selben Augenblick die persönliche Verantwortung
für die Entscheidung zur Operation zu übernehmen.
Wer außer mir musste das entscheiden.
Der Arzt konnte raten, meine Frau konnte zur Seite stehen,
zu entscheiden hatte ich.

Was gab den Ausschlag? Zur Katastrophe oder zur Heilung?
Ich hörte. Ich konnte in dem Augenblick Gottseidank hören.
In der Stimme des Arztes Dr. D. schwang eine tiefe Strenge
als er sagte: „ Es ist manchmal gut für einen Menschen,
wenn er keine Zeit zum Bedenken hat."

Das hat mich Gott wissen lassen.
Da war seine Regie unmittelbar spürbar und wahr.
So wie ich plötzlich verstand, dass ich mich
durch meine sechswöchige Gesundheitsphase
ohne es zu wissen auf die Operation vorbereitet hatte.
Starkes Drehbuch.
Mein Körper war bestens gepflegt.
Und zwar so gut, dass ich nach der Operation
auf der Intensivstation noch drei Tage nur Wasser trank
und nach elf Tagen entlassen wurde. Gottseidank.

Wenn ich etwas lese, einen Brief oder eine Geschichte,
dann gehe ich davon aus, dass es hintereinander,
eins nach dem andern geht. Tut es aber nicht.
Es sind ständig Intervalle.
Sie gehören zu allem dazu, wie das Fließen.
Pausen in der Musik. Nicht passieren im Geschehen.

Ich wollte eine Geschichte am Stück erzählen
und dabei sind Tage vergangen. Noch mehr Ewigkeiten.
Oder besser Jahre an Erlebnissen.
Heute bin ich wieder ein ganz anderer.
Über Jesus wollte ich schreiben. Ich kenne ihn. Ich kenne mich.
Das bedeutet nicht, dass ich mich 24 Stunden am Tag kenne.
Aber in den glücklichsten, stillsten Momenten schwingt etwas,
da weiß ich, so möchtest du immer sein.
So möchte ich mit mir immer sein.
Und in dem Augenblick finde ich Jesus.
Und ich finde seine Familie. Und dazu gehöre ich auch.
Gottseidank.

Wie den Faden finden um die Geschichte weiterzuerzählen.
So weiterzuerzählen, dass sie weit wird.

Zum Anfang zurückkehren. Ohne Brücke.
Was ich erzählen wollte. Eine Geschichte.
Doris geht die Treppe vor dem Haus runter,
und es fliegt die Dachrinne, immerhin eine ganze Biegung
Dachrinne vom Dach, knallt auf den Boden. Direkt hinter ihr.
Wenn, wenn dies Rohr Doris erwischt hätte,
dann hätte unser Weg aber ganz schnell
in eine andere Richtung geführt.
So haben wir es notiert und „Gottseidank„ gesagt.
Darüber geredet, was wäre wenn.

Aber „Gottseidank„ ist Doris völlig unberührt davon geblieben.
Keine Welle von Irritation, wir sind unseren besprochenen Alltag
weitergegangen. Besorgungen, Sorgen und Lösungen lagen an.

Besonders hatte eine Freundin, die uns eine größere Summe
Geld geliehen hatte, weil sie mich neuerdings als Weichei
empfand, das Geld sofort zurück verlangt. Na ja, wir hatten es ja
von ihr geliehen, brauchten es tatsächlich, und wie sollten wir es
zurückgeben, nur weil ich jetzt in ihren Augen ein Weichei war.

Das war ein Thema am Tag.

Und ein anderes Thema war für mich „ Erbarmen „ gewesen.

Ich hatte über Sophie Scholl gelesen und war über einen Satz
von Christoph Probst, den er in einem Brief an seine Mutter sagt,
direkt nach seiner Verurteilung, ganz tief verstört gewesen: Wenn
man bedenkt, war alles ein einziger Weg zu Gott.

Mein Herz konnte nur noch Erbarmen rufen.

Und ich musste sehr weinen,
schluchzen ist das bessere Wort dafür.
Eine Brücke über Schluchten aus Fluch
und Stolpern in' s Stürzen.

Es war mein Herz, das rief.
Verstanden habe ich es nicht, aber Gottseidank gewusst,
dass es an der Zeit ist aufzuwachen zum Leben.

Ich erinnere mich kaum noch wie alles so kam.
Die 100 Tage, die anbrachen, als ich auf dem Krankenhausgang
neben dem Professor herging, der zu einem Termin musste.
Er sagte mir, dass er keine Zeit hätte, ich sei zu unverhofft
gekommen, aber sein Assistenzarzt würde die Untersuchung
vornehmen. Gottseidank habe ich nicht gesagt.
Ich gehöre zu den Leuten, die zuerst denken,
wenn es der Professor ist, dann bist du in den besten Händen.
Mein Vater war auch so und hat es nicht überlebt.

Ich komme also mit Doris zu einem jungen Mann,
es ist Dr. D. Und ab jetzt verschiebt sich alles. Alles.
Zeit, Wahrnehmung, Wichtigkeit und Alltag.
Herzkathederuntersuchung über den Arm, rechtes Handgelenk.
Das ist mir recht. So spare ich die Intensivstation.
Bekomme noch ein Beruhigungsmittel,
die Untersuchung selber erlebe ich gar nicht mit.
Dr. D. spricht sehr energisch nach dieser Untersuchung mit mir.
Ein klarer Moment, Gottseidank.

Ich spüre hinter seinen Worten eine tiefe Ernsthaftigkeit
und eine starke Kraft, als ob eine höhere Kraft aus ihm spräche.
Der Satz bleibt in Erinnerung: „Manchmal ist es gut,
wenn ein Mensch nicht zuviel Zeit zum Bedenken hat."

Ich fühle, dass ich Ja sagen muss, nicht zum Herzkatheder,
sondern zu einer Herzoperation.
Erinnere mich noch wie mir Arme, Brust und Beine rasiert
wurden. Keine Erinnerung an den Transport in die Charite',
an Doris, weiß noch, dass sich der Anästhesiearzt vorgestellt hat,
es ist alles weggetaucht.

Doris hat mir berichtet, dass Dr. D. mit Dr. L. in der Charite'
telefoniert hatte. Beide kennen sich. Vertrauen einander.
Gottseidank. So wurde ich noch nachts operiert.
Eine Notoperation. Sonst muss man Wochen warten.

Und zu Doris, so hat sie mir später erzählt,
hat Dr. D. noch gesagt, wenn ein Patient in meiner Lage
zu ihm kommt und sich Bedenkzeit ausbittet,
findet er ihn oft kurze Zeit später an einem anderen Platz.
Auf dem Friedhof. Ich meine, ich hatte keine Ahnung
in welcher Situation ich mich befand. Todeskandidat.

Die Schmerzen in der Brust bei Anstrengung waren da.
Nicht nur in Antwerpen. Beim Tanzen mit Doris
bei ihrer Tante Gerda 80igstem Geburtstag
habe ich die Schmerzen gespürt. Gingen ja auch gleich weg.
Nur eben der Abend zu Hause, an dem ich früh mich hingelegt
hatte, da hatte der Druck auf der Brust mich bewogen,
Doris zu bitten, Rainer wissen zu lassen,
dass es doch dringender mit der Untersuchung sei. Gottseidank.
Sie sagte später, ich sei kreideweiß gewesen.
Und der Gedanke an meine Mutter ließ mich handeln.

Gottseidank Charlottchen, so habe ich sie immer genannt,
dass du aus deiner Welt die Engel geschickt hast.
„Ich muss einen Infarkt gehabt haben und habe es nicht einmal
bemerkt „ hattest du mir ja kurz vor deinem Tod erzählt.

Und in meinem letzten Brief, es gibt Briefe,
die ich mir selber schreibe, um mich, wie gesagt, zu klären,
ende ich mit der Frage: „ Wie lebe ich meinen Wert?„

Meinen Rucksack hatte ich noch am Abend gepackt,
da ich ja von einem Aufenthalt von ein bis zwei Tagen ausging,
das kannte ich aus Erfahrung. Herzkathederuntersuchung und
dann Intensivstation.

Diese klaren Momente, an die ich mich jetzt erinnere,
sind Spitzen einer Zeit, die viele Stunden umfasst.
Die Operation. Von der weiß ich gar nichts.
Nur, als ich später Atemübungen mit einem Therapeuten
bei mir zu Hause mache, also nach dem Krankenhausaufenthalt,
sagt mir mein Körper: „Ich bin ermordet worden.„
Es macht sofort für mich Sinn.
Mein Körper konnte beim Aufsägen nicht nachvollziehen,
dass das passiert, damit er weiterleben kann.
Ich habe dann diese Not und Angst des Mordens ausgeatmet.
Gottseidank. Und es war gut.

Was ich aber noch beschreiben will,
um es mir selber noch einmal zu sagen, ist,
wie mein Bewusstsein wahrnimmt, dass ich lebe.
Mein Körper unbeweglich.
Jede Menge Schläuche und Geräusche.
Es bleibt einfach ein Bild:
Ich bin eingeschweißt in den Bug eines eisernen Schiffes.
Ich bin dieser Bug selber. Es gibt Beine und Kopf,
aber keine Vorstellung wie real ich eingeschweißt bin.
Ein Sog, ein Zug vorwärts, aber ohne Bewegung.
Blei und Schwere, bewegungsloses Schweben
und keine Zeit und keinen Raum.

Ein Schiff, das ein Eismeer durchkreuzt.
Aber weder Wasser noch Himmel noch Wolken zeichnen sich ab.
Kompaktes Eingeschlossensein und in der Bewegungslosigkeit
doch ein Ziehen nach vorn. Kein Ziel und keine Bestimmung.
Grau. Aber keine Farbe. Grau.
Keine Bewegung eines Muskels im Gesicht oder im Gemüt.
Ein volles Ertrunkensein.
Ich war die Linie, auf der ich lag bewegungslos,
und doch dauerte Zeit.

Es gab kein Aufgeben, ich hatte den Grund erreicht.

Was blieb mir?
Nicht einmal der Gedanke, was mir blieb.
Das Wahrnehmen der Situation. Ich blieb im Atem.
Das war der einzige Focus, den ich hatte.
Ich atmete ohne Verdienst und ohne Lohn.
In einem Kosmos ohne Wiederkehr.
Weder Gedanke noch Gefühl konnte andocken.
Ein ohne Hoffnung sein und kein Verlorensein.
Eher jenseits von allem. Das Schattenreich der Griechen.
Nach dem Übersetzen über den Styx. Ein Sein ohne Sein.
Ein Wandeln ohne Wandeln. Ein Bewusstsein ohne Seele,
oder Seele ohne Bewusstsein. Weder stürzen noch reißen.
Kein Werden und kein Vergangen. Gnade Worte ohne Sinn.
Meine Klarheit hielt mich im Atem. Gottseidank.

Auch wenn ich ohne Gefühl war.
Doris hat mir später erzählt, als sie mich sah, war ich nur Zähne.
Und sie fühlte, dass es noch nicht entschieden war,
ob ich bleiben würde. Sie dachte, wenn er bleibt,
dann kann alles gut werden, wenn er bleibt.

Ich erinnere mich an sie. Es war mir gar nicht recht sie,
Jan, Joern und Susi zu sehen. Auch wenn ich sie nur kurz sah.
Es war zuviel. So anstrengend. Und kostete mich soviel Kraft.
Ich war es auch, der sie schnell wegschickte,
wie, weiß ich nicht mehr. Nur, dass ich krächzte,
ich liebe Doris, ich liebe Jan, ich liebe Joern, ich liebe Susi.
Und es klang schaurig. Dann war ich wieder
in dieser raumlosen, zeitlosen Balance geradeaus.

Vor mir an der Wand gab es die Zahl 4. Später stellte ich fest,
dass wir vier Männer in dem Raum waren.
Hinter mir muss eine 2 gewesen sein.
Diese 4 wurde mein Zielpunkt.
Ich lernte in diesem umtriebigen Umfeld Intensivstation
mein Bett hoch und runterstellen. Es dauerte, aber ich lernte es.
So konnte ich mir Erleichterung verschaffen.
Ich lag auf dem Rücken. Zugedeckt bis unter das Kinn.
Nachthemd nicht über die Schulter. Es gab in dem Raum
eine Uhr. Rechts von mir, oberhalb der Tür.
Die Uhr stand 10 vor vier. Oder zwanzig nach elf. Immer.
Die Zeiger bewegten sich nicht. Die Vorhänge waren zugezogen.

So stand die Zeit, und ich hatte das Empfinden zehn Tage und
länger so zu liegen. Tatsächlich waren zwei Tage vergangen.

Wenn die jungen Leute kamen um uns Essen zu bringen,
verlangte ich Wasser.
Ich lernte aus der Schnabeltasse zu trinken.
Ich lernte das Wasser aus der Flasche in die Schnabeltasse
zu gießen. Ich lernte. Ich brauchte Zeit dazu.
Und ich lernte unter den verständnislosen Blicken
der jungen Leute, die ihr Essen bei mir nicht anbringen konnten.
Es war nicht ihre Schuld. Sie trugen flotte Uniformen.
Sie waren hübsche schlanke Menschen.
Ein Mädchen und ein Junge. Von knapp zwanzig. Erklärungen,
wieso ich nach der Operation Wasser bevorzugte,
hatten sie nicht folgen wollen. Auch gar nicht können.
Wozu sprechen, wenn man nicht sprechen kann.
Vielleicht wusste ich auch gar nicht mehr,
dass ich sprechen kann. Meiner Person war es egal.
Ich lebte. Gottseidank.

Und heute sind wieder lebensvolle Tage
Wochen Monate vergangen. Voller Dankbarkeit.
Ich bin voller Dankbarkeit. Wenn ich es will,
dann bin ich derjenige, der sieht, dass Jesus lebt.
Mit soviel Humor und soviel Leichtigkeit und Anmut.
Hat er nicht die Folge der Jahreszeiten gelebt?
Frühling Sommer Herbst Winter und Frühling.
Den Aufstieg, wie er immer in der Natur schwingt.
Mit und ohne ihn, mich, uns.
Das Zünglein an der Waage bin offensichtlich ich.
Ein Mensch. Gottseidank.

Antlitz
Kann ich Gesichter beschreiben,
wie jubelt das Herz.
Im Entzücken
fühlt es die Liebe
und sieht den Gott in Gestalt.

Das zarte Gesicht -
die feinsten Regungen.
Hände und Finger -
alles schon Jahre gereift.
Ein Universum an Unschuld,
Ein Schicksal an Zeit.

Ein Kindergesicht
beim Musizieren!
Gott lauscht seinem Werk
wie Blätter rascheln im Wind
so stillezart. Wir sind. Wir sind.

HALLO
HAUPTBAHNHOF
BERLIN

Hallo
Hauptbahnhof Berlin

Da gibt es dich also.
Als es dich gab, hab ich erst vernommen,
dass so lange Zeit vergangen,
bis du gekommen.
Jetzt bist du da.
Hurra.
Wieso ?

Ich sitze auf dem Bahnsteig und erwarte einen Freund.
Aus Essen. Gleis 12, Ankunft 10.06 Uhr.
Nein. 10.10 Uhr und mit 10 Minuten Verspätung.
Laut Auskunft von vorhin.

Der Zug fährt ein. Hält. Öffnet sich. Viele Gesichter. Viele.
Viele Gestalten. Berlin! Viele, aber kein Werner.
Ich rufe ihn an, mit dem Handy, ob er vorne oder hinten,
an welchem Abschnitt er steht? Er sitzt in der Mitte,
und sein Zug aus Essen ist um 11.00 Uhr am Hauptbahnhof.
Ich hatte mich in der Eile des Gefechtes um eine Stunde verfrüht.

So ziehe ich los ein Heft kaufen,
damit ich mir Notizen machen kann.
Das hatte ich mir vorgenommen, aber noch nicht realisiert,
dass dazu Papier und wenigstens ein Bleistift gehören,
oder gehört? Beides muss ich einfach haben, will ich das tun,
was ich mir vorgenommen habe. Notizen machen über den Tag.
Oder über die Tage.

Was war so kostbar, dass ich es erinnern will?
Am gegenüberliegenden Bahnsteig wird eine junge Frau
von einer jungen Frau geführt. Eine Reisende
und eine junge Priesterin in Uniform? Eine Bahnbeamtin.
Beide schlank. Aber die Reisende fesselt meine Aufmerksamkeit.
Leicht führt sie den weißen Stab in ihrer linken Hand.
Streichelnde Bewegungen beim Kontrollieren der Reisetasche,
ob sie auch geschlossen ist und gut geschlossen ist.
Sorgsam. Das Wort fällt mir ein.

Jetzt steht sie wie eine junge Birke im Wind, leicht geknickt,
streicht ihre Haare und wäre nicht der weiße Stab.....

Mir schießen die Tränen aus den Augen.
Beide Frauen sind so behutsam miteinander.
Höflich und wahren Respekt.

Plötzlich weiß ich, dass ich in einem Tempel sitze.

Wir Menschen haben heute so wenig Zeit für uns
und kennen uns so wenig, wir jagen, wie wir immer gejagt haben.
Früher Tiere zum essen. Heute um uns zu vergessen.
Wir können uns nicht finden. Viel weniger fassen. Manchmal
denke ich, dass Gott selbst Sehnsucht nach uns hat.
Nach jedem einzelnen von uns. Da gibt es schon Atem in uns.
Wofür? Wozu?
Weshalb, wieso? Warum? Zu leiden?
Ja, wenn das Lied kaum klingt im Leib, dann schwingt das Leid.

Du kannst ja nicht einfach auf dem Bahnsteig sitzen und heulen,
das verschreckt die Leute nur. Also guckst du nach oben,
damit die Tränen im Auge bleiben, aber so, dass nicht
alle denken, da muss ja was Wichtiges sein und auch
nach oben schauen, und dann womöglich noch stolpern.

Aber der Bahnhof mit seinem Dach ist total spannend.
Da gibt es den Blickwinkel, wenn du nach oben schaust,
wo du denkst, das kann doch nicht wahr sein,
die Leute laufen ja auf dem Kopf.
Nein, das stimmt auch nicht, es sieht so aus.

Wenn du auf der anderen Seite der Erdkugel wärst,
dann würdest du auch so rumrennen.
Aber trotzdem hättest du die Erde unter deinen Füßen.

Dass sich die Bahnsteige im Dachglas spiegeln,
natürlich bekommst du das mit, aber dass es so interessant
aussieht, das hättest du nicht gedacht.
Und so versinkst du in das Umgekehrte. Bis die Tränen trocknen.
Und das geht schnell, wegen der spannenden Ausblicke.

War das vierzehn Tage her, als ich zum ersten Mal
im Berliner Hauptbahnhof war ?
Nein zum ersten Mal war ich mit meiner Familie zu früh.
Wieder zu früh. Stunden vor der Eröffnung
hatten wir uns der Pilgerschaft angeschlossen,
die als erste den Hauptbahnhof feiern wollte.
Zu dem Zeitpunkt gab es Musik.
Wir zogen es vor wieder den Weg zurück nach Kleinmachnow
zu fahren, mit dem Auto, wo wir zu Hause sind.

Vor vierzehn Tagen war ich früh morgens zum ersten Mal
im Hauptbahnhof. Es war richtig früh.

Ich war mit dem Nachtzug aus Paris gekommen. Aus Paris.
Hatte dort zwei Tage eine Bühnenbildbesprechung
zur Oper „ Weiße Rose „ von Udo Zimmermann
mit meinem Freund Konrad G. gehabt.
Wir hatten in seinem Atelier so gut zusammen gearbeitet.
Sein Haus steht in einer Straße auf der Seite,
wo früher die Fleischer ihre Geschäfte hatten.
Wieso? Die Fleischer?
Na ja, ganz einfach, es war und ist heute noch die Nordseite.
Die Sonne knallt auf die andere Straßenseite,
vor allem im Sommer. Und auf der Nordseite
halten sich die Lebensmittel eben viel besser.
Heute versteht das keiner. Die Leute wundern sich,
wieso sie so teure Klimaanlagen brauchen,
wenn sie auf der Sonnenseite mit Fleisch handeln.
Und das Fleisch ist dann eben auch entsprechend teurer.
Es ist auch die Straße, von der die Revolution ausging.

Konrad hatte es sich nicht nehmen lassen für mich
ein kleines Bühnenbild zu bauen, das er
von seinem Assistenten sorgfältig hatte einpacken lassen.
Ich reiste mit einem kleinen Haus aus Pappe.
Genauso sah das Paket, das verpackte Bühnenbild aus.

Wir hatten in diesen zwei Tagen etwas festgestellt. Oder befragt.
Wie kann ein Bühnenbild, also ein Bild, das doch eigentlich flach
und zweidimensional ist, für einen Bühnenraum, einen Raum,
eine Lösung sein?
Was machen wir eigentlich? hatten wir uns gefragt.

Eigentlich ermöglichen wir auf der Bühne ein Geschehen,
machen es sichtbar, hatten wir dann für uns gefunden.
Und uns darüber auch gefunden.

Den Entwurf für das Geschehen,
verpackt sah es aus wie ein kleines Modelleinfamilienhaus,
hatte ich im Gepäck. Es war mein Gepäck.
Vorsichtig zu transportieren, hatte es Platz im Schlafwagen
gefunden, und ich balancierte es frühmorgens aus dem Zug
den Bahnsteig entlang.

Jubelnden Herzens.
Ich kam aus Paris und stieg am Hauptbahnhof Berlin aus.
Im Jahr 2006.

Meine Eltern lebten in Berlin vor und während dem 2.Weltkrieg.
Meine Mutter hatte mir immer erzählt, wenn du Berlin
in den Zwanzigern gekannt hättest, Junge,
die Luft war Champagner.
Immerhin gehörte sie zum Staatstheater unter Gustaf Gründgens
und war sehr beliebt zu ihrer Zeit.
Charlotte Witthauer hatte einen guten Klang.
Vor allem, wenn sie als muntere Naive, so etwas gab es früher
als Fachbezeichnung, man konnte damit auch Geld verdienen,
nannte sich aber Schauspielerin, auf der Bühne
neben Marianne Hoppe in Lessings „ Minna von Barnhelm „
als Franziska die Menschen verzauberte.

Ich bin nun auch schon ein ganzes Leben auf diesem Planeten.
Von Anfang an Berlin und jetzt neun Jahre Berlin.
Ich erlebe jetzt diesen Moment.
Der Berliner Hauptbahnhof. Und ich mittenmang.

Meine Leute, also die Familie, aus der ich stamme,
sind schon lange weitergereist. Auch meine Mutter.
Aber ich bin sicher, dass sie von Wolke sieben
mit größtem Zittern diesen Augenblick des Wachstums
und der Zuversicht miterlebt.

Aus Paris kommend, mit der Aussicht im Frühjahr 2007
meine erste Oper in Frankfurt im Bockenheimer Depot
zu inszenieren, in Berlin, im ganzen Berlin zu Hause zu sein
und im Berliner Hauptbahnhof auszusteigen!
Das ist Triumph. Triumph für alle, die das Leben lieben.

In den sechziger Jahren des letzten Jahrhunderts,
das muss man sich mal vorstellen, hatte ich als Schauspieler
die Gelegenheit vom Kieler Theater aus am Maxim Gorki Theater
einen Lope de Vega zu spielen.
Das Stück hieß „ Was kam denn da in' s Haus?"
Ich war ein jugendlicher Liebhaber, Spanier,
der von Mutter und Tochter gleichermaßen verwöhnt wurde.
Um das Spanische zu unterstreichen
trug ich eine schwarze Perücke mit Locken.
Und die Berliner, damals Ostberlin, konnten
mit unserem Kieler Humor aber auch gar nichts anfangen.
Wir lachten auf der Bühne mehr als die da unten.
Bis zur Pause. Dann war das Eis gebrochen.
Wir hatten sie einfach mit unserer Spielfreude überrannt.
Der Abend wurde ein richtiger Erfolg. Auch wenn mich
die Maxim Gorki Schauspieler etwas mitleidig begutachteten.

Was aber bei diesem Gastspiel viel spannender war,
irgendwie war meine Mutter mit von der Partie
und hatte es so eingerichtet, dass sie mir bei einem Spaziergang
das Theater am Gendarmenmarkt zeigte.
Das, was im Krieg davon übrig geblieben war.
Wir schafften es unter vorsichtigem Umschauen,
ob auch keiner guckt, und mit klopfenden Herzen
einen Bretterzaun zu überwinden.
Vielleicht war da auch eine Tür, sicher verriegelt oder verrammelt,
aber uralt, um in die Ruine, die seit vielen Jahren der Witterung
preisgegeben war, einzudringen,
um sich auch ein Bild des Theaters zu verschaffen.

Dieses Bild werde ich nie vergessen. Dieses Bild.
Diesen Raum. Diese Stimmung.
Wie meine Mutter in dieser Ruine steht,
mir mit verschleierter Stimme erzählt,
dass sie zum Ensemble gehörte,
das die letzte Vorstellung vor dem Brand 1945 dort gespielt habe.
„Reise nach Paris."

Die Schauspieler hätten öfter Spaß oder Quatsch auf der Bühne
gemacht, bis Gründgens sie zusamnmengestaucht habe.
„Ihr bringt hier das Geld, damit ich im großen Haus
Maria Stuart machen kann. Das ist eine Ehre.„

Jetzt, da, wo die Bühne früher gewesen war,
gab es nur einen tiefen Krater voller Wasser.
Der Bühnenhimmel war der graue Himmel über uns.
Das war in den Sechzigern des letzten Jahrhunderts.

In den Neunzigern des letzten Jahrhunderts, ich meine,
als damals, wann? Das weiß ich nicht mehr,
aber als der russischer General, der russische Befehlshaber
von Kanzler Kohl verabschiedet wurde, kam ich gerade aus Köln
von Dreharbeiten und ließ mich zum Gendarmenmarkt
vom Flughafen Tegel mit dem Taxi fahren.
Es war ein herrlicher blauer Himmel an dem Tag, kein grauer.

Da war die Zeremonie aber schon zu Ende. Als ich ankam.
Nur der rote Teppich, der zum Theater die Stufen hinauf
ausgelegt war, der war noch ausgelegt. So schritt ich diesen
roten Teppich im Andenken am meine Mutter
mit fliegendem Herzen hinauf.
Oben, an der Tür, habe ich ihr gesagt,
sie war schon zu Wolke sieben weitergereist,
Mama Charlottchen, habe ich gesagt, geflüstert,
siehe, es ist alles neu.

Ja, und heute vor vierzehn Tagen stand ich zum ersten Mal
morgens früh auf dem Berliner Hauptbahnhof und kam gerade
aus Paris. Ihr versteht mich.

Fast vor dem Bahnhof ist ein großes Zelt aufgebaut.
Mit Überschrift „ Afrika". Und der Wüstensand, gelb,
so dass er nicht zu übersehen ist, breitet sich fast
bis zum Eingang aus. Der Berliner Hauptbahnhof
vor den Toren Afrikas. Das sind die Perspektiven.

So kann ich lernen, wenn ich das denn will,
dass es nur diesen einen Planeten gibt,
eine Erde für jeden von uns. Und -
dass es in meiner Verantwortung ist, was mit ihr geschieht.

Das gilt auch für jeden von uns. Wenn er die Freiheit nutzen will.
Oder sie. Wir können ein weites Feld bestellen.
Wir können Dimensionen durchgleiten.
Wir können lieben lernen. Leben lernen. Miteinander.
Das sind Gedanken, die mich durchschießen, als meine Augen
beim Durchqueren des Bahnhofes, ich will ja das Heft kaufen,
von den Räumen des Bahnhofes gefangen werden.

In den Gewölben gibt es Durchsicht,
und der Mensch ist ein Individuum.
Die Räume scheinen ineinander, sie scheinen durch.
Sie öffnen zum Geschehen für menschliche Begegnungen.
Sie öffnen um Segen zu spenden.
Trotz des schrillen Geschreis bremsender Räder
schwingt hier Stille. Ein heiliger Ort.

Wofür bauen wir Kirchen?
Damit wir Menschen uns des Segens erfreuen.
Zum Segen empfangen. Damit wir uns sammeln.

Und wo wir schon alle jagen, dann ist hier ein Ort,
wo wir durchsonnt werden.
Auch wenn wir mit all unserer Zeit keine Zeit dafür haben,
dass es uns gut geht.

Versöhnt. Ich bin versöhnt........... Der Berliner Hauptbahnhof
ist der Hauptbahnhof der Versöhnung. Wer weiß es besser?

Ich habe das Heft gekauft. Ich habe es tatsächlich getan.
Oft tue ich nur so als ob.
Aber diesmal bin ich solange durch die Stockwerke gegangen,
immer Ratschlägen nach, bis ich das Heft gefunden habe.

Es war auch noch günstig, passt in meine Jackentasche,
kann also immer mit dabei sein, und ich bin es zufrieden.

So habe ich mich zufrieden wieder auf dieselbe Bank gesetzt,
wie vorhin, als ich die beiden Frauen
auf dem andern Bahnsteig entdeckt und beobachtet hatte.
Neben mir hat inzwischen eine Dame Platz genommen,
oder eine Frau, wer macht heute noch den Unterschied.
Sie sitzt jedenfalls neben mir.
Auf dem Kopf trägt sie ein Hütchen. Turnschuhe an den Füßen
und ein lustiges, kraftvolles Gesicht wie die Gretel vom Kasperle.
Neben sich hat sie einen weißen Stock.
Sie ist blind. Und so alt wie ich. Gott, wenn es ihn gibt!
Ihr Sohn feiert Dissertation, und sie nimmt ihre Äpfel mit.
Aus dem Garten. „Früher habe ich auch gesehen.
Wie ist denn dieser Bahnhof, wie sieht er aus?" Fragt sie.
„ Ich kann nicht sehen, aber ich habe andere Wahrnehmungen. „

Wir schwatzen munter wie zwei Tauben auf dem Dach.

Bis wieder eine junge Priesterin, ein Bahnbeamtin,
dienend und mit Käppi, dunkles Haar, erscheint.
Sie bringt beschützend meine Sitznachbarin zu dem Bahnsteig,
wo sie ihren Zug erreicht.

Der Hauptbahnhof? Wie sieht er aus?

Zwei Blinde,
Menschen ohne Augenlicht,
beleuchten meine Sicht.

Jetzt kann mein Freund kommen. Werner ist Fotograf,
und er will im Holcaust Denkmal am Brandenburger Tor
Fotos mit mir machen. Für eine Ausstellung in China im Oktober,
zu der er eingeladen wurde. " German faces in change".

Er hat Augen, die sehen, und ich zeige ihm,
was mich die zwei blinden Frauen, nornenhaft,
was sie mich sehen ließen.

IM MAI IN ENGLAND

Im Mai in England

In England im Mai im Frieden
Was ist geschehen?

In Berlin
Maharaji genossen getrunken
Wie nie zuvor
Eine tiefe Sicherheit
Blüht in mir es ist alles
In Ordnung mein Tag ist
Mein Tag ohne Auftrag
Ohne Ziel
Es ist mein Tag

In Israel
„back home„
Da hat er mich in
Ewigkeit geführt
Ist mit mir geblieben
Ich bin gehumpelt
Konnte gar nicht gehen
Ich bin gegangen
Jetzt kann ich meine
Linke Hand kaum bewegen
Ich kann empfangen

Ich bin zu Hause
Kann alles tun ohne
Aufregung was anliegt
Zu meinem Wohl

Ich darf mich finden und
Mir trauen

Sauberes Cafe trinke Cappucino

Ein Bild schmückt den Raum
Leeres Kanu mit Paddel
Abgelegt keine Wellen auf dem
See der die goldenen Sonnen
Strahlen spiegelt bis zum
Horizont der schwarzen Berge
Und ein goldener rosaheller Himmel

Kommen woher?
Gehen wohin?

Um das Bild Bilder
Audrey Hepburn strahlt in Tiffany
Rechts von ihr
Ein Bild mit Star
Links von ihr
Ein Bild mit Star

Und auf dem Boden
Steht
In einem Topf die Palme
Real Mayonnaise 10 l
Der Sender dudelt
You need love love love

Dieser Platz ist
Der Ort wo ich mit
Der Liebe real vertraut
Gemacht werde

Es ist die Erde

Der Gesang
Wo ich erstehe
Wo ich gehe
Im Blühen erwache
Und lache
In seinem Humor
Wirklich
Ich bin erwacht

Allein zu sein

Der Tropfen Seligkeit
In Ihm

Mit Liebe sehen
Mit der Liebe gehen
Unverwandt

Er hat gesagt wenn du
In die Zeit kommst

Du kannst nicht in
Kreisen gehen
Du musst gehen
Du musst gehen
Geradeaus

Mit diesem Geist
Schwingen der Klarheit
Ist und Wahrheit
Spricht
Das Rätsel dem
Rätsel gibt

Und dabei immer liebt
Und liebt und liebt

So mir geschehen

IN DER
ANGEHALTENEN ZEIT
FÜHLEN

In der angehaltenen Zeit fühlen

Sitze und warte. Dass die Mittagspause zu Ende.
Dass der Doktor kommt.
Nein. Sitze, weil ich einen Termin habe.
Heute 14.00 Uhr. Untersuchung. Ob Krebs.

Eigentlich sitze ich und erwarte Gott.
Oder meine Seele.

Fühle Frieden und die Ruhe.
Der Spiegel meiner Wasser ist ruhig.

Vorhin noch Hiob gelesen.
Und über den Leviathan
erschrocken gerätselt.
Empfinde meine Situation.
Eine große Gabe.
Ein Geschenk, das ich enthüllen darf.
Es ist zum Fühlen.

So wie ich beim „ Faust „ erfahren habe,
jede Zelle ist pulsierendes Leben,
Jubel und Aufstieg, ewig, unvergänglich.

So habe ich jetzt in London
Bei „ Ariadne auf Naxos „ erfahren
Ich, wer immer das ist,
Pflanze oder Würde,
stecke doch schon entwurzelt
vom Beginn an
in der Fäulnis, im Aussatz,
in der brennenden, brodelnden
Vernichtung eingekerkert.
Und es gibt kein Entrinnen.
Vorgespiegelt,
vorgegaukelt wird mir
Ganzheit, heile Formen,
Schönheit, Anmut.
Nur, dies alles ist nicht
Grund und Boden.

Im Bruchteil kann es kippen,
was du bist und es enthüllt
im Bruchteil sich
die wahre Fratze Aussatz.
Aussatz von Kopf bis Fuß.

Kein Schritt ist mehr zu setzen.
Selbst wenn du willst.

Schmerzen überhand und bist.
Bist an diese wüste Insel,
an dieses Wrack gebunden.
Musst den Bedürfnissen, dem Drängen
Des Körpers, dieses Reiches,
folgen, selbst im flammenden Aussatz,
folgst du seinem Drängen in den Untergang.

So fassungslos.
So fassungsloses Erschrecken,
so über jede Lähmung hinaus,
ein so Endgültiges ausgesetzt sein
an diesen Zustand, dieses Nichtsein.

Im Atem bin ich.
Bleibe ich. Es ist der Gott
Jenseits der Worte,
der Begriffe, er ist es,
der schwingt.

Die Gewölbe meiner Füße
Brechen, das Gesicht ist halb,
bin ausgegrenzt und kann
mich nicht verstecken.
Keinen Tag und keine Stunde.

Will im Atem ruhen.
Frieden. Da bist du.
Kein Meer der Fragen.
Die einzige Tat. Und Antwort.
Die einzige, göttliche Schöpfung.

Gott ist die einzige Realität,
die einzige Kraft,
doch sie bedarf der Anerkennung,
auf das ich blühen kann.
Jenseits von Begreifen,
von Erfassen.

Ich bin jetzt hier und in
Sein Lebensspiel gewoben
zu erwachen
in meinem Herzen und
zu sehen.

Predigt der Frau Sternberg
in der Klinik
handelte von einer Heilung.
Einer schrie, er schrie,
er schrie und ließ sich nicht
beruhigen, von niemandem,
so dass auch Jesus hörte.
„ Lasst ihn schreien."
In diesem Augenblick,
jetzt kommen Männer, sie hängen
gerade jetzt ein Bild in' s Wartezimmer.
Wo wir alle stumm zusammenhocken.
Auf Stühlen, an der grauen Wand
Beide basteln, messen,
noch ohne Krach, Maschinen liegen noch am Bo….

Nein, jetzt kreischt es, schreit es.

Und das war es schon. Das Loch ist da.

Der Dübel muss noch rein gehauen…
ist er schon.
So schnell, so effektiv, so smart.
Der Eine muss ihn aber kurz noch kürzen….
auch schon getan, eh es gedacht.

Jetzt steht der Typ auch noch
auf dem gekürzten Stück,
wie soll er's finden?
Nach langem Suchen,
dreht er den Absatz,
findet diesen Stummel
und schraubt beglückt nun noch die Schrauben…..
nein,
vorher noch gemessen,
feste in die Wand.

Verbindung ist geschaffen, halten wird der Bund
von Wand und Schraube, fest gedübelt.
Ich kann das glatt bezeugen.
Hab ich ja gesehen.

Jetzt hängt das Bild.
Ist roter Mohn in Wiese, blauer Himmel,
gemalt wie unter Wasser, doch mit dem Strom
nach oben, aufwärts.

Und Jesus geht zum Mann, der schreit
und fragt so kostbar:
„ Was willst du
dass ich für dich tun soll?"
Der Mann am Boden,
Staub und Aussatz,
Füße gehen nicht,
und ohne Freunde,
fühlt und weiß,
er weiß zu antworten:
„ Nur dass ich sehen kann.
Sehen will ich. Dass ich sehen will."

Was webt da zwischen Ihnen?

Diese Klarheit sehen
Können.
Das Herz erwacht.
Der Traum verloren.
Schenkt Jesus
Ewigkeit?

Liebe webt und heilt den Aussatz.
„ Es hat dein Glaube dir geholfen.
Steh' auf und geh'."

Aufrichte dich,
mir Sonne,
und finde deinen Weg
sehenden Auges.....

Herr S.?
da geht es schon in die Behandlung,
Schuhe, Strümpfe, Unterhose?
Unterhose, klar, Hose, Handtuch abgegeben.
Gleich liegst du auf der Liege
und willst die Spritze.

War da ein Arzt, zehn Jahre her,
willst du Spritze, ich sage nein.
Kein Gift in meinen Körper.
Ich hab dann wie am Spieß geschrien.
Vor Schmerzen bei der Untersuchung.
Absolut kein Held.
Und auch der Doktor schrie mich an.
Hättst Spritze haben können,
jetzt hör mal auf zu schreien,
so schrie der Doktor.

Nach der Untersuchung war alles klar.
Der Doktor sauer, ich ein Jammerlappen,
allein ich war gesund.
Zehn Jahre her. Und was wird heute?

Ich will die Spritze. Ich liege auf der Liege.
Handtuch über mich gebreitet, Gesicht bleibt frei.
Hübsche Schwester. habe meine Socken ausgezogen –
musst' ich nicht, Mann mit Socken –
war schon als junger Mann verpönt,
wie sieht das aus. Danach. Vorher
siehst du andre Schätze, merkst es nicht,
wilde schöne Zeit…… Ja.

Herr S. Ja? Wo bin ich?
Wach werden, Werden Sie doch wach,
wieso, das bin ich doch, ich schlaf doch nicht,
mach Augen auf, jetzt bin ich da.

Wo bin ich denn, ist alles schon vorbei?

Was sollen diese Fragen?
Fang an mit Unterhosen, hübsche Schwester,
dann die Hose, das geht so langsam.
Lauter Löcher.
Gott, Socken noch zuletzt. Schuhe stehen draußen.
Löcher. Löcher.
Der Rest vom Kavalier erinnert sich: die Spritze.

Bums.
Da gibt es schon ein Rollgerät für mich, ein schickes.
Schon sitz ich drin und warte.
Dass ich pupsen kann.
ich trinke Wasser, bin benommen.

Wo komm' ich her? Wo geh' ich hin?

Gott, ja. Soll noch zum Doktor.
Zum Gespräch.
Und meine Frau ist noch nicht da.
So muss ich unterschreiben, ich werd' nach Haus gefahren.
Keine Maschine führen, keinen Traktor und kein Auto lenken.
Noch mit dem Doktor sprechen,
dann kommt auch meine Frau und fährt mich einfach,
brauch nur sitzen, hab die Spritze,
fährt mich einfach dann. Nach Hause.

Zu Hause bin ich schon, in mir.
Das Draußen macht mich wirr.
Es macht mir angst.
Jetzt noch die Luft ablassen,
langsam,
soll ja keiner hören.
Langsam und lass dir Zeit.
Es hat geklappt.

Wo kommen wir her?
Wo gehen wir hin?

Mir fehlt die halbe Stunde.

Ich bin im Frieden. Still.
Und sitze vor dem Doktor.
Vor seinem Schreibtisch.
Er soll noch kommen.

Muss ja kommen, will ich doch Gewissheit.

Gibt es das?

Gewissheit.
Ich weiß nur eine.
Bin geboren worden und werde sicher abgeholt.
Was ich da übers Sterben sage.
Die Spritze und die halbe Stunde.

Da liegt der Brief vom Doktor an den Hausarzt.
Auf seinem Schreibtisch.

Vielleicht mein Todesurteil.

Was ist des Menschen Sinn auf Erden?
Soviel Funktion und Recht und Besserwissen – alles Traum.

Gott finden, dafür bist du hier,
und dann ihn fassen, halten.
Der unfassbar, unhaltbar ist.

Hat mein Meister klug, oh nein,
so weise auf die Lösung hingewiesen:
Sei.
Und sei dankbar.

Schwimme, tauche, sei.
Du wirst entdecken heilig ist der Auftrag
Und heilig ist der Sinn.
Für einen Menschen jeden Tag zu üben.
Sei.
Und dankbar sei.

Da kommt er schon, der Doktor.
Sitzt er schon am Schreibtisch.
Schauen wir uns in die Augen?

So zähe, bange Augenblicke.

Auch eine Art von Ewigkeit,
doch eine, die mich dauert.

Dann ein Rauschen, sirren, Doktor spricht?
Der Doktor spricht:
„Sie sind gesund, der Darm ist sauber, rein.
Ich kann nichts für Sie tun, Sie können gehen.

Im Frieden bleiben.

Der Zeiger tickt und mit dem Tick

Ist alles anders.

Gewissheit

Für den Augenblick.

Neues Leben winkt.

Die Tage können Feste sein, aus heiliger Stille geboren.

Gott zuzuwachsen, der seine Hände reicht

Zum Tanz.

Reich mir die Hand, mein Leben.

Tage, Zeiten darf ich leben

Und mich freuen.

Der, der alles ist und wirklich alles ist,

hält mich.

Er selber zeigt mir seine Schöpfung

Dass ich mit einem Loblied auf den Lippen,
Flügel meinem Herzen
Eines Augenblickes eilen darf
An seinen Thron.
Und in der Sprache des Gesanges
In den Farben der Ewigkeit
Bin ich sein, Zeuge seiner ewigen Allmacht.

Herr

Du hast uns Menschen gesegnet.
Du hast dein Zelt bei Menschen aufgeschlagen.
Und dass für immer.
Und du tust es.
Der Liebende spürt deine Gegenwart,
flutet in neues Entzücken
mehr zu trinken
von deiner Herrlichkeit,
erfasst er erst: Du bist.

Oh Ewiger

Nimm mich, das bitt' ich, aufgerichtet,
an die Schnur deines Atems.
Lehre mich Liebe zu sein,
lieben zu lernen.
Im Erwachen lernen, schaffen, sein.

Zärtlicher Augenblick

Wo Frühling Sommer Herbst und Winter
Gemeinsam schwingen und sich küssen
In so tiefem Verneigen
vor der Kunst zu leben

Wieder habe ich mein Leben
geschenkt bekommen
will endlich sehen das Geschenk,
endlich mein Leben fühlen.

Ich halte deine Hand
und finde dich im Atem.

Ewigkeit

Du bist mein Weg.
Mein Auftrag.
Meine Liebe.
Ich empfange dich.
Und du erfreust dich,
da ich gehe.

War je ein Wesen
Gesegneter als ich?

So still und zart
im Alltag lieben üben.
In des Lebens Humor
das Lachen entdecken.....

und mit diesem Lächeln
andere wecken
und immer, immer, immer
jetzt dich finden.

Du Lieber, du.

Jetzt kommt sie,
meine Frau.
Die Sonne scheint.
Und sorgsam führt sie
Mich am Arm.
Sie fährt nach Hause.
Wo ich ruhen kann.
Ich hab sie lieb.
Sie ist sehr glücklich,
dass wir zusammen bleiben.
Sind. Zu Haus.

IN WELCHER KUPPEL

In welcher Kuppel

Da sitz' ich, Strohhut auf dem Schädel, in der Kuppel,
auf dem runden Ring. Reichstag. Bundestag. Was jetzt.
Ich bin erfüllt von Licht.
Sag' ich Wärme und Zufriedenheit, da folgt mir jeder.
Der Grund warum ich hier bin. Söhne.
Beide sind heute Teil der Zeremonie, Gelöbnis der Rekruten.
20.Juli 2008, 19:30 Uhr. Die Feier findet heute statt.
Vor dem Reichstag, Bundestag. Was jetzt.
Wir sind nur Eltern. Keine Einladung.
Haben dafür reserviert im Restaurant.
Oben, wo die Kuppel schwebt.
Um unseren beiden Söhnen nah zu sein.

Lange vor der Zeit erklimmen wir die Kuppel über die Spirale.
Sehen, schauen, Bilder, Plätze, Stimmungen aufnehmen.
Mich zieht es auf das Rund aus Holz. Kaum sitz' ich,
da senken meine Lider sich gleich einem Vorhang
vor dem Bildersturm.

Ich nehme geistig teil und fühle im Gebet mich tief versunken.
Herr, schütze diese Deine Erde,
Engel, Meister, schüttet euren Segen und hebt die Herzen
in die neue Zeit. Die Schöpfung ist es wert.

So leiser Regen strahlt wie Gnade und flüstert mir,
es ist vollbracht. Ihr seid doch alle Kinder meiner Sonne,
mein Wille will, dass Liebe hüllt euch ein.

So bitte ich geschwind um Sonnenschein für das Gelöbnis.
Und lade auch die Devas als Gast, Geschenk,
Erfüllung mit dabei zu sein.
Als ich dann meine Augen wieder öffne….

Aus der Kuppel fliegt eine weiße Taube direkt mir vor die Füße.
Eine weiße Taube. Fast weiß und ganz gesund und munter.
Ich grüße sie.

Und bin im Augenblick hoch über Covent Garden.
Auf der Terrasse sitze ich.
Im Royal Opera House in London. Oben auf dem Dach.
Vier Wochen gerade sind es her.

Da war die Taube grau. Und grauenvoll verstümmelt ihre Füße.
Einer ganz verfault.

Die Taube fiel, als sie sich lagerte, und beide ruhten wir,
nachdem sie gierig hilflos ihren Kuchen verschlungen,
den ich ihr abgebissen von meinem Stück.
Wir ruhten Aug' in Aug' im Frieden, der uns beiden wohltat.

Es war das Elend dieser Welt, das Tage vorher hart mich traf.
Beim Wandern durch die U-Bahnschächte
dieses Lebensraumes, dieser Stadt.
Ich war sehr fassungslos.

Ich bin auch Tage später selber abgestürzt.
Sehr tief. In meinen Aussatz.
Doch durft' ich mit den Wochen, dem Fließen dieses Engel Zeit,
mich an den Aufstieg wagen. Ich hab' ihn auch geschafft.
Bin fassungslos geblieben. Doch voller Dankbarkeit in Gott.

Und eben jetzt, in dem Moment,
flattert eine graue Taube vom Boden auf
und landet auch zu meinen Füßen.
Links heiler Fuß, rechts nur ein Stumpen.
Ich bin beflügelt. Das ist ein Gruß. Ein Band.
Ein Ja zum Bund mit meinem Herrn.

Erlöst bedank' ich mich. Befreit.
Und lache tief im Herzen. Herr, Du meine Taube.

Ja ich bin daheim auf meinem Weg nach Haus.

Die graue und die weißeTaube. Beide fliegen hoch.
Und wir. Wir wandern heiter die Spirale in der Reichstagskuppel
runter. Zum Restaurant. Zum Speisen.
Während unsere Söhne in' s Gelöbnis eingeflochten
dienen dem Deutschen Volk.
Und voller Sonnenschein bestrahlt Berlin.
Das Blau des Himmels und mein jauchzend Herz sind eins.

Ein stilles Halleluja.

SABUSE'S TRAUM

Sabuse`s Traum

Eine Geschichte zum Nachdenken.

Wenn du einen Traum erzählst, ist das noch ein Traum?
War der Traum Wirklichkeit, als du ihn durchlebt hast?
Das sind Fragen, die im Alltag keinen Platz haben,
schon gar nicht, wenn dich der Alltag hat,
und du dabei schauen musst, wo du bleibst.

Ist das ein Alptraum? Der Alltag?
Aber wer kann dem schon entfliehen?
Und wohin? In den Traum?
Gibt es überhaupt ein Aufwachen? Interessante Fragen. Oder?
Ich finde das aber spannend.
Auch wenn ich es nicht verstehe,
wenn ich träume, und wenn ich wach bin.
Da bin ich lieber im Alltag und träume.
Denn da kenne ich mich am besten aus.
Und da weiß ich, dass ich aus dieser Mühle
ja sowieso nicht aussteigen kann.
Oder will?

Jetzt höre ich aber mit meinem Fragen auf
und erzähle von Sabuse ihrem Traum.
Der erzählt nämlich von der Möglichkeit. Ja, von der Möglichkeit.
Einfach von der Möglichkeit. Oder von der Hoffnung?
Find es raus.
Darum ist es ja eine Geschichte zum Nachdenken.
Nicht zum Vorkauen. Wir sind doch hier unter uns.
Unter Menschen. Und wir können doch denken. Können wir?
Können wir. Denken.
Aber was, aber was, sprach der Has mit tiefem Bass.

Aber nun zum Träumen,
zum Träumen des Nachts, wenn wir schlafen.
Sabuse schlief nicht im Schlaf und zählte auch keine Schafe,
bevor sie einschlief. Sabuse träumte
oder Sabuse saß in einer Gruppe von Menschen.

Alle in dieser Runde hatten entschieden sich bewusst nach innen
in sich zu wenden um dort zu ruhen und zu rasten.
Bei uns würde man das Einkehr halten nennen.
Gasthof zur Einkehr.
Gab es früher immer besonders gutes Essen.
Konnte man schmecken und fühlen und war danach zufrieden.

Eben eine runde Sache: einkehren.
Man könnte auch sagen, die Leute meditierten.
Nur, wer versteht das schon.
Da denkt jeder, dass er meditiert und damit zur Ruhe kommt.
Aber das Denken, das Denken denkt.
Ich jedenfalls habe noch nie Denken ruhen gespürt.
Aber das kann jeder sowieso nur für sich spüren,
ich meine denken und ruhen.
Verschieden wie Dunkel und Licht. So verschieden.

Diese Gruppe, zu der Sabuse gehörte, saß im Kreis
und jeder einzelne von ihnen hielt Einkehr bei sich.
Sabuse guckt noch beim Erzählen richtig ungläubig,
als sie berichtet, dass sie ein großer Tiger beschnüffelt.
Ein großer Tiger. Und sie hat den Mut nicht zu schreien.
Sie ist ganz still bei sich und bleibt bei sich, auch wenn es sehr
unangenehm ist diesen Geruch des Tigers einzuatmen
und seine gefährliche und zugleich unappetitliche Nähe
so hautnah zu spüren. Scheußlich.

Näher kann „Außen" nicht an einen rankommen und gleichzeitig
einen Menschen mit dieser Überschreitung der Intimzone
hilfloser und ja, wehrloser machen.
Der Tiger ist einfach jenseits von Höflichkeit.
Er wahrt absolut nicht Sabuse's Hof. Das heißt ja Höflichkeit,
den Hof wahren, die Aura eines Menschen respektieren.
Der Tiger ist nur frech.

Aber Sabuse entscheidet sich. Für sich.
Sie hält die Augen geschlossen und bleibt
in ihrer Verbindung mit ihrem Herzen. Bleibt ruhig ruhen.
Stark in Konzentration sich auf die Quelle ihres Atems,
ihres Lebens, ihres Seins zu versenken.
Tiefer Frieden und Gelassenheit durchströmen ihren Körper,
und sie fühlt sich aufgehoben in dieser grässlichen Situation,
ja, sie fühlt sich geborgen.

Im selben Augenblick glaubt sie ihren Ohren nicht zu trauen.
Nicht nur, dass der Tiger Sprache hat:
„Wer so tief versunken in sich ist, der schmeckt am süßesten!"
Es attackiert Sabuse dieser Satz wie spitze Schwertspitzen.

Die Bruchteile von Sekunden, die wie eine Ewigkeit dauern,
bleiben ungesagt. Aber dann reißt Sabuse ihre Augenlider auf,
hat sich entschieden, zur Flucht.
Raus aus der Gelassenheit, aus dem Frieden, rein in die Flucht.
Sie rast los. Der Tiger ist schneller. Wieder ein Satz.
Diesmal ein Sprung!

Ein Satz dieses riesigen, plumpschweren und gleichzeitig so
geschmeidigen Körpers, und wäre nicht eine Tür aufgetaucht,
durch die Sabuse hechtet, mit einem Sprung,
Sabuse wäre wahrhaftig im wahrsten Sinne des Wortes
dem Tiger unterlegen gewesen. Damit wäre sie gewesen.

Jetzt glaubt sie sich im ersten Erleichterungsschreck gerettet,
als ihre Augen den Raum als Käfig und ausweglos,
chancenlos für sie erkennen.
Und im selben Moment erinnert sie sich,
dass sie genau in solchen Situationen beschließt,
und das immer mit Erfolg, zu fliegen.
Nicht fliehen, das hat sie hinter sich. Nein zu fliegen.
Das gelingt ihr auf Anhieb.
Schnell und leicht erhebt sie sich vom Boden.
Sabuse gleitet, fast schnurrt sie in die Höhe.

Schock, neues Entsetzen packt sie,
die Decke des Käfigs ist so niedrig. Zu niedrig.
Kaum vom Boden abgehoben,
klebt ihre Schädeldecke förmlich an der Käfigdecke.

In den nächsten Ewigkeitssekunden werden ihre Waden,
um Gotteswillen, ja, ihre Waden werden
von den Schnurrhaaren des Tigers nicht berührt, nur gekitzelt.

Selbst in diesem Entsetzen muss sie fast kreischen:
„Nein, nicht kitzeln, nein, das ist ja furchtbar, hör auf, nein!"
Sie wedelt, rudert mit den Beinen.
Das Fauchen und Röhren des Tigers füllt den Käfigraum,
als er den Rachen aufreißt um seinem Satz
die Tat folgen zu lassen. „Die süßesten Früchte!"
Er schnappt sich Sabuse's Beine, sein Kiefer schnappt zu.

Was aber erlebt Sabuse in diesem Moment? Schutz und Wunder.
Die gebogenen Stoßzähne diese grausamen Untieres sind derart
gebogen, dass ihre Waden... Und Sabuse hat schöne Waden,
wohl gerundet und alabasterfarben.

Das sollte ich an dieser Stelle als Chronist unbemerkt lassen,
aber ich habe viele Male nicht nur ihre braunen Augen bewundert
und in sie hineingeflirtet, nein, meine Augen haben auch gerne
Maß genommen an ihren weichen, runden budhahaften Formen,
zu denen eben auch die Waden zählen.
Schwärmerei beiseite, die Situation ist zu lebensbedrohend.

Kaum Kiefer des Tigers scharf zugeschnappt,
da verzweifelt Sabuse Blut spritzendes Fleisch, ihr eigenes,
zu erblicken und rasenden Schmerz zu erfahren, aber eben nein.
Die wohlgeformten Waden füllen die Rundungen
der zusammengebissenen Stoßzähne meisterhaft aus.
Sie schmiegen sich wie Goldplomben in Backenzähnen.

Leichtigkeit und Frieden strömen,
und Sabuse bleibt so oder so fassungslos.
Und ehe sie ihren gebremsten Flug abbrechen kann,
löst sich nicht nur die Decke des Käfigs,
auch die Fangreißer des Untieres wackeln, stürzen zu Boden.
Der so entwaffnete Tiger kann nur noch lispeln:
„Jetzt muss ich in den Knast.“
Und mit der letzten stinkenden Drohung:
„In einem Jahr komme ich dich holen!“
endet dieses Traumgebilde aus dem Traumgefilde.

Die Moral von der Geschicht:
„Sabuse, traue dir und nur dem Tiger nicht.“

Du hast die Angst besiegt, tanzt frei den Tanz der Hoffnung,
die geboren ist aus der Gewissheit die Liebe zu lieben,
wirklich lernen zu können Liebe mit Liebe erwidern zu wollen.
Käme selbst der Schatten wieder, er müsste sich selbst
einsperren, sich selbst fressend verschlingen.
Du hast ihn mit deiner Klarheit bezwungen.
Kein Kampf. Im Frieden siegen.
Gelassenheit und Frieden sind ganz dein in deinem Sein.

Ich könnte mich entschuldigen mit der Bemerkung,
dass es ja ein Traum ist, den ich berichte,
aber erstens gibt es für eine Entschuldigung keine Entschuldigung
und zweitens, wer weiß wirklich, ob wir nicht alle träumen,
wenn wir wachen? Und wach sind, wenn wir träumen?

Und ist nicht alles Traum für kurze Zeit ein Mensch zu sein
auf dieser Erde, woher wohin weshalb wieso der Sinn: Ich bin,
doch weiß ich, dass ich bin?
Oder bin ich der Simon:
„Ich bin's nicht, ich bin's nicht, ich bin's nicht!“ Und weine.
Wo ist der Traum? Was ist die Wirklichkeit?

So sage ich: „Guten Tag und gute Nacht!“
und lasse dich mit dir allein. Du findest.

VOM KOMMEN LAUFEN
UND GEHEN
UND TANTE G.

Vom Kommen Laufen und Gehen und Tante G.

Da stehen die Alten auf dem Gang.
Und wie immer will Tante G. helfen.
Was heißt eigentlich helfen? Beim Streit eingreifen.
Dabei holt eine gerade aus und will ihr eine wischen.
Sie dreht sich zur Seite. Ausweichen. Dem Schlag ausweichen.
Ihre blauen Augen wissen nichts von Verrat.
Sie stürzt. Das passiert oft und ist auch gar nicht schlimm.
Aber wenn du sechsundachtzig wirst und im Altersheim lebst,
und alle um dich herum im ähnlichen Alter sind, dann kann schon
eine Situation eintreten, die ganz plötzlich alles ändert.
In deinem Alltag. Du stehst nicht mehr auf. Du liegst am Boden
und du bleibst am Boden liegen.
Inneren Beckenriss diagnostizieren die Ärzte.
Tante G. wollte helfen und liegt jetzt am Boden.
Selber hingefallen. Und bleibt liegen.

Das ist jetzt alles schon länger her.
Aber heute hat sie Geburtstag. Und gestern bekam das Paar,
etwas entferntere Verwandte von Tante G., einen Anruf von Opa,
dass Tante G. liegt und wohl geht! Gehen wird. Für immer.

Opa's Stimme zitterte bei der Botschaft.
Es ist seine Schwägerin und dann, wenn sie gegangen ist,
bleibt nur noch er übrig von einer zahlreichen Familie.

Die jüngeren Generationen gibt es noch, denen geht es gut,
Opa geht es auch gut, aber die laufend eintretenden Botschaften,
dass Angehörige gegangen sind, hat ihn doch auch still gemacht.
Er bleibt immer öfter zu Hause und geht nicht mehr so viel raus.
Seinen Fünfundachtzigsten hat er noch mit allen gefeiert,
wer halt noch da war und angereist kam.
Die meisten sind schon gegangen wie seine Frau,
die Schwester von Tante G. Die von allen geliebte Omi.

Damals als Kind mit ihrer Familie aus Schlesien geflohen,
drei Töchter, der Vater war ein baumlanger Kerl
und ein begeisterter Kirchendiener in Landeshut, Schlesien.
Die Flucht hat sie alle lebenslang gezeichnet, lebenslänglich.
Aber das ist eine andere Geschichte.

Mit den Nachkommen ist es auch so eine Sache.
Sie kommen, aber nur spärlich.
Genau jetzt hat sich eines angesagt. Das geht ja noch.
Ein Urenkel. Tante G. hat mehr von der Sorte, aber wie viele,
das ist dem Mann von dem Paar unbekannt.
Es ist ja auch die Familie der Frau.

Die Frau hat sich immer bemüht die Familie zu besuchen.
Das Paar ist oft hingegangen, hingefahren, wo immer sie
in der Bundesrepublik Deutschland, BRD, gewohnt hatten.
Jetzt kommen sie aus Kleinmachnow bei Berlin.
Und fahren nach Leipzig und finden es ganz normal,
das sie sich in diesem Teil von Deutschland zu Hause fühlen.
Das kann nicht jeder sagen, der in Deutschland lebt.
Viele, die meisten, denken, dass sie in der Bundesrepublik leben.
Pustekuchen. Das ist jetzt Deutschland.

Die alte DDR gibt es ja auch nicht mehr.
In Berlin und in den Gebieten der alten DDR weiß das jeder,
weil es jeder über die Jahre schon lebt,
mit all den Schmerzen der Veränderung.

Die Familie war ja auch gespalten.
Die Armen aus dem Osten, dachten die aus dem Westen,
und die Reichen aus dem Westen, dachten die aus dem Osten.
Das war in den Familien, denen das so erging, gang und gäbe.

Heute ist es eine ganze Familie, untereinander kennt man sich,
und besser. Viele Vorurteile haben sich einfach durch Gespräche
und Feiern in Luft aufgelöst. Man lebt in Deutschland,
auch wenn sich keiner das so bewusst macht,
und arbeitet hier und schimpft über die Politik. Wieso eigentlich?

Die Frau hatte sich nach dem Telefonat mit Opa entschlossen
nach Leipzig zu fahren, um Tante G. noch einmal zu sehen,
sie zu ehren, aber auch mit dem Gedanken
Abschied von ihr zu nehmen. Sechsundachtzig Jahre!
Sie brauchte ihren Mann nicht extra zu bitten.
Er hatte sich aus freien Stücken entschieden sie zu begleiten.
Der Grund mitzugehen waren Tante G.'s blaue Augen.

Der Mann hatte zum ersten Mal, und danach nie wieder,
in einem alten, faltigen Gesicht so strahlende blaue Augen
gesehen und sich immer gefreut, wenn er sie sehen konnte.

Wenn du einmal auf einem Herbstacker nach dem Frost
noch blaue Blumen gesehen hast, die vergisst du nie mehr.
Von da an siehst du sie auch immer, wenn du
auf einen abgeernteten Acker schaust.
So ist das für ihn mit Tante G.'s blauen Augen.

Knapp zwei Stunden Fahrt mit dem Auto sind es,
es geht noch schneller, aber zu der Situation will ja keiner rasen.
Ist auch billiger, langsamer fahren.

Das Paar hat da seine eigenen Ansichten, will sagen,
dass sie verschieden sind.
Aber es ist kein Thema zwischen ihnen.

Er fährt gerne schnell und verbraucht viel Diesel,
musste diesmal ein Diesel sein, hat sie veranlasst, war ihm recht.
Hat sich auch bezahlt gemacht.
Bei einhundertdreißigtausend Kilometer in knapp drei Jahren
macht sich diese Entscheidung, aber holla,
im Geldbeutel bemerkbar.
Sie fährt gerne langsam, er denkt dann, viel zu langsam,
sagt es aber nicht. Und sie sieht vor allem immer die Blitzer.
Kunststück, einmal hat es sie vier Wochen Fahrverbot gekostet,
und viel Geld, dass sie so eine Falle übersehen hat.

Er nennt das Raubrittertum, und er fragt wohl auch die Beamten,
ob sie sich nicht schämen im 21. Jahrhundert immer noch
im Hinterhalt zu lauern und den Reisenden das Geld
aus der Tasche zu ziehen.
Es hat schon Beamte gegeben, die schamrot wurden
und ihre Gedanken dazu ausgetauscht haben.
Das war ehrlicher als auf die Politiker zu schimpfen.
Sie hatten es als eine Beleidigung ihrer Menschenwürde
beschrieben. So unwürdig dem Staat dienen zu müssen.
Aber es muss ja verdient werden.
Wer muss verdienen, der Staat oder die Beamten?

Das Altersheim, ein alter Prachtbau,
entstanden um den Beginn des letzten Jahrhunderts,
wirkte sehr nobel und war gelb angestrichen.
Der älteste Sohn von Tante G. stand auf der Straße
und parkte sie ein. Mit seinen Freundin,
die nie von seiner Seite weicht, stand er da.
Es ist seine Zigarette, ohne die läuft nichts,
wirklich, es geht nichts ohne sie, immer dabei,
auch wenn er arbeitet. Die Drei begrüßen sich herzlich.

Beim Hineingehen in das Haus kommen andere Verwandte
von Tante G. heraus. Sie hatten gerade das Zimmer,
oder das Appartement oder Zimmer mit Bad verlassen,
in dem Tante G. sonst wohnte und jetzt liegt.
Weil Tante G. endlich tief und ruhig schlafe,
wurde dem Paar versichert, Nach stundenlanger Unruhe.
Nicht, dass sich Tante G. im Bett gewälzt habe,
das geht ja nicht bei einem inneren Beckenriss,
sondern Unruhe einfach so.
Das Paar solle Kaffeetrinken gehen.

Das war dem Mann nun gar nicht recht.
Auch wenn in dieser Familie seiner Frau immer
jeder und jede das tat, was gerade gesagt wurde,
und so keiner das tat, was er oder sie gerne tun wollte,
um den Frieden von allen nicht zu stören, oder die Unruhe,
er wollte tun, was er wollte.
Hatte die Unruhe mit der Flucht damals zu tun?
Nein sicher nicht. Wirklich nicht ?

Opa war ja Gärtner gewesen und ein erfolgreicher Gärtner.
Mit fünfundsechzig die Gärtnerei verkauft und dann als Rentier
in dem Viertel, wo die Lehrer wohnen mit seiner Gärtnerin,
der von allen geliebten Omi, in seinem Haus wohnen
und seinen Garten zurichten und seine Bäume stutzen
oder auch abschlagen, und wenn der Rücken kracht.
Ordnung muss sein in Niedersachsen.

Nein, diesmal wollte sich der Mann durchsetzen,
er war ja auch im Ostteil der Familie.
Er kannte alle auch nicht so besonders gut.
Er musste schon die Frau fragen,
wenn jemand aus der Familie auf sie zukam,
wer ist das jetzt und wie gehören sie zusammen.
Auch wenn beide vorher im Auto noch die Namen
und die Zusammenhänge besprochen und geübt hatten,
in der Realität sieht das dann immer anders aus.

Du kannst nicht plötzlich in der Familie zu Hanna Gisela sagen
oder den Heinz der Ilse zuordnen.
Bei den Kindern lacht noch jeder, aber bei den Älteren
ist das eine echte Erniedrigung. Zu Recht.
Das hatte der Mann im Laufe der vielen Jahre
und der liebevollen Fürsorge der Frau verstanden.
War es Fürsorge?
Und zur allgemeinen Erleichterung auch gelernt.
Man konnte unter sich sein, wenn man unter sich war.
Da lief dann alles wie am Schnürchen. Es ging gut.

Nein, er trug die Blumen in der Hand, und sie das Geschenk,
einen Stärkungstrunk. Er bestimmte, dass beide nur
in das Zimmer schauen wollten, die Blumen dort abstellen,
und den Trunk. Dann, ja, dann wären sie nach der langen Fahrt
bereit Kaffee trinken zu gehen.

Auf dem Weg zu Tante G., das Paar war mit dem Fahrstuhl
in den zweiten Stock gefahren, fragte er eine Schwester
nach einer Vase für die Blumen. Er denkt gerne praktisch.

Immer die Sauerei mit den Sträußen im Krankenzimmer
und immer falsche Vasen. Blumen sehen so verloren aus
in falschen Vasen. Und dann die Waschbecken,
wenn das Wasser hektisch in die Vasen gefüllt wird,
und jeder es immer besser weiß, was der andere zu tun hat,
und das im Krankenzimmer, wo doch Unruhe nicht hingehört.
Das schickt sich nicht, das geht nicht.
Aber es geht doch, weil es unentwegt passiert.
Jeder findet das normal. Denkt er.
Hat sich aber nie über das Thema mit ihr ausgesprochen.

Mit ihr wagt er schon solche Themen anzuschneiden,
meistens abends, aber es kommt selten ein Konsens zustande,
weil sie einschläft und, das kommt auch vor, häufig,
um es freundlich zu sagen, schnarcht sie dann.
Am Morgen macht sie es wieder wett mit einen liebevollen Kuss.

Das ist so, musste er auch lernen.
Dafür kann er sie auch voll reden, stundenlang. Sie fragt ihn
dann, nach Stunden, was er ihr eigentlich sagen wolle.
Dann ist er stumm, heute. Früher hat er getobt.
Was ihr einfiele, so ginge das nicht, er rede, sie schweige.
Dann tut sie, als wäre sie so gescheit, denkt er,
und nach qualvoller Befragung, was er mit dem Reden sagen will,
kommt dann von ihm völlig hilflos, er sei glücklich.
Das könne er ja auch gleich sagen.
Dann wisse sie doch, wie es ihrem geliebten Mann geht.

Er bleibt. Und lernt. Es ist schließlich seine Frau und er liebt sie.
Vor allem, wenn sie lacht. Dann ist er ganz verzückt.
Und manchmal, das hat er ihr aber selten gestanden, nicht so,
dass dabei ihre Alarmglocken angingen, hat sie
einen Zauber in der Stimme, als würde Mozart komponieren
oder ihre Stimmbänder streicheln.

Diese eine Schwester war wirklich freundlich und zuvorkommend.
Als der Mann sie ansprach, ging sie sofort von sich aus
den hellen Gang in die Richtung, aus der sie kamen, und brachte
eine hellblaue Vase mit. Schon mit den Blumen geprüft.
Eine Vase, die passte in der Länge, der Form, der Farbe.
Hellblau. Zu den Lilien, der roten Rose und dem Schleierkraut.

Es war alles so schön im Fluss,
und dann ist der Computer abgestürzt, als der Mann
die Geschichte in die Schreibmaschine tippte. So was kommt vor.
Das ist eben noch sein Bewusstsein. Er denkt, mit dem Computer
besitzt er eine handliche Reiseschreibmaschine.

Dabei kommen ganz andere Anforderungen auf ihn zu,
denen er sich nur langsam stellt.
Vorher planen, zwischendurch prüfen und vorsorglich absichern.

Eigentlich wie im Leben.
Tante G. hätte eben vorher prüfen sollen, ob sie bei der Drehung
auf dem Gang, der übrigens schön zart grün gestrichen ist
und zu den Blumen harmoniert und der Vase,
ob sie da die richtige Geschwindigkeit gewählt hat,
und ob der Winkel stimmte, aber nein, wie der Mann
am Computer, einfach unüberlegt drauf los und abgestürzt.
Hat das was mit Instinktlosigkeit zu tun, oder ist das natürlich?
Dass wir uns immer irren?
Die Frage lässt er lieber unbeantwortet.

Der Sturz von Tante G. liegt ja nun auch schon länger zurück.
Das Paar, der älteste Sohn, und die Schwester noch kurz,
gehen den Gang entlang. In Richtung auf Tante G.'s Tür zu.
An beiden Seiten liegen sonnendurchflutete Zimmer.
Also Zimmer an beiden Seiten. Nur die Südseite ist heute
sonnendurchflutet, die Andere , wenn es denn Norden ist, nie.
Ob die Zimmer dann billiger sind? Im Altersheim?

Es ist ganz still, wenn man davon absieht,
dass ein leichter Geruch in der Luft hängt.
Nicht als Geräusch wahrnehmbar, aber er wirkt störend.
Er ist zu leise, und macht das Paar darauf aufmerksam,
sie gehen in einem Altersheim über den Gang.
Sie kräuseln nicht einmal die Nase,
nur ein kurzer Blick mit einem anschließenden Nasenflügelzittern.
Sie zeigen sich, dass sie beide dasselbe denken.

Der Mann registriert noch einen ganz alten verschrumpelten
Körper in einem Bett, sonnenbeschienen, und weiß im selben
Moment, dass er beim Rückweg genauer schauen will.
Das kann kein Mensch sein. Muss ein Mensch sein,
mit Atem, sonst würde er nicht im Bett liegen.
Aber sehen mit den Augen und nicht glauben können!
Das Bild passt so gar nicht in die Fantasie, wie es zu sein hat.
Gut, dass keine Zeit bleibt um dem Irrtum
auf die Schliche zu kommen. Was ist wahr?
Wie es ist, wie es scheint, wie es kommt, wie es geht,
was läuft hier eigentlich?

Und nicht nur im Altersheim. Überhaupt.
So ganz von Ferne branden diese Ahnungen von Gedanken.
Und immer noch geht das Paar auf dem Gang.

Hier ist ja auch Endstation, so gesehen.
Trifft alle, viele sogar schon viel früher, dass sie gehen müssen.
Können nicht weglaufen, kann keiner.

Und immer wieder schieben sich alte Menschen,
also, die Körper sind alt, zugestanden,
aber auch die Augen sind müde und auf das Gehen gerichtet,
mit Gehwagen über den Gang.
Die gehen nicht mehr, die schieben einen Wagen,
sie wagen noch zu gehen mit einem Gehwagen,
aber eigentlich schieben sie sich fast ängstlich.
Wohin? Natürlich nach vorne.

Ob Tante G. mit ihrem Sturz und den Folgen
ihre Altersgenossen verschreckt hat?
Eher ja. So wie es hier ist, ja, sicher sogar.
Ihr Stürzen hängt noch immer im Gang.

Aber der Mann wollte nur die Sonne sehen.
Selbst wenn Augen erloschen, so haben sie auch einmal
die Sonne getrunken. Die Augen haben geleuchtet.
Und mit dieser Ernte sind sie reich.

Später hat er seiner Frau gesagt, und er hat sich bemüht
dabei zärtlich zu sein, weil, er weiß auch, dass er sie mit Worten
verletzten kann, so richtig auf sie draufhauen kann,
er hat ihr gesagt, er würde nie in einem Altersheim leben wollen.

Er hat gut reden, immerhin ist er zehn Jahre älter als sie.
Muss man nicht mehr sagen. Den Blick der Frau aber sichten.
Frauen wissen einfach mehr, auch wenn sie schweigen.
Sie werden so oft verurteilt.
Aber es ist nicht alles mit Unbewusstheit zu entschuldigen.
Oder doch ? Nichtwissen? Heißes Thema.

Aber das kümmert jetzt den Mann beim Voranschreiten
durch den Gang, oder geht man über einen Gang?
das kümmert ihn nicht. Oder den Gang entlang ?

Er würde in die Berge gehen und sich dort
einen Platz zur letzten Ruhe wählen,
wo er die Sonne untergehen oder aufgehen sehen würde.
Im Liegen. Gebettet. Im Lieben. Sich mit der Sonne vermählen
und sterben. Niemand würde ihn je finden.

Er weiß. dass sie gerne ein Grab für ihn hätte,
oder für sich, sagt er. Da, wo sie immer hingehen kann,
und wo sie Zwiesprache mit ihm halten könne.

131

Und er weiß, dass er jetzt mit seiner Einsamkeit draufhaut.
Was ärgert ihn? Dass er seine Endlichkeit fassen muss?
Dass er hier im Altersheim ist?
Dass er der Frau gefolgt ist?

Jedenfalls fühlt er sich merkwürdig an. Er trägt die Blumenvase.
Die Schwester verabschiedet sich.
Sie hat die Blumen in die Vase gesteckt, die passen ja auch,
aber es ist kein Wasser in der Vase.
Und das fühlt sich auch komisch an. Es fehlt was,
Wasser fehlt einfach. Die Vase ist zu leicht.
Gewogen und für zu leicht befunden.
Grässliche Vorstellung für ihn.

Aber sofort, als hätte er es auch gefühlt,
antwortet der älteste Sohn. Es ist eine feine Familie.
Er ist stramm den Gang entlang mitmarschiert,
er hat alles zeigen können, dass Briefkästen
an jeder Tür hängen, und wie das Persönliche der Bewohner
gefördert würde, durch Aufmerksamkeiten.
Er sagt einfach genau zur rechten Zeit,
im Zimmer gibt es Wasser, und zeigt auch gleich auf die Stelle,
wo Tante G. gestürzt war. Das war ganz in der Nähe,
fast vor ihrer Tür.

Ein leises Anklopfen, öffnen, und sie stehen im Zimmer.
Jetzt sind sie angekommen.

Sofort übernimmt der älteste Sohn Vase, Blumen und
verschwindet im Badezimmer, gleich rechts hinter der Tür,
noch bevor man richtig im Zimmer ist.
Der Mann hört Wasser laufen. Alles in Ordnung.

Die Verwandten hatten vorhin gesagt, der Anblick von Tante G.
sei erschreckend. Tante G. sei kaum noch zu erkennen,
so verändert hätte sie sich, also ihr Aussehen.

Aber kaum ist das Paar eingetreten,
noch ein Sohn sitzt auf einem der drei Stühle,
es gibt dazu noch einen Hocker, alle vor dem Bett aufgereiht,
da entsteht eine ganz klare Bewegung wie eine Welle im Bett.
Eben noch auf dem Rücken liegend,
sofort als Tante G. erkennbar, ruhig schlafend, der Kopf leicht
links zur Wand gedreht, kommt ganz klar bestimmt und kraftvoll
eine Drehung zu dem Paar zustande, und Tante G. blickt
mit wachen, blauen Augen in ihre Richtung.

Sie fragt den Sohn, der aufgestanden ist, zur Begrüßung
leise aufgestanden ist, es ist einfach eine feine Familie,
und er antwortet, dass die Frau da ist, ja, und er auch.
Dieses Lächeln zur Begrüßung, und jetzt sind sie da,
diese strahlenden blauen Augen.

„Na, das ist ja verrückt, das ist ja verrückt. Verrückt ist das."
Eine selige Tante G..

Der Mann hat sich neben sie gesetzt, auf den Stuhl,
wo der Sohn saß, mit dessen Einverständnis,
er hält ihre Hand und ihren Arm. Die Frau sitzt am Fußende.

Und so fließt Ewigkeit. Die blauen Augen leuchten
und Tante G.'s Gesichtchen wird glatt. Sogar ihre weißen Haare
schweben, auch wenn sie am Hinterkopf ganz flach gelegen sind.
Da haben Haare dann nichts mehr mit Frisur zu tun.
Ist aber leicht zu übersehen.

In ihrer linken Hand hält sie ein Papiertaschentuch,
und als mehr und mehr Wärme und Vertrauen schwingen,
kann er, darf er Tante G.'s Nase abtupfen.
Sie hatte ständig das Gefühl ihre Nase liefe.
Man sagt das so, die Nase läuft.
Tante G. liegt, da läuft auch die Nase nicht. Flüssigkeit rinnt.
Rinnt wie Tante G.'s Lebensfluss. Sie sagt:
„ Der Körper will nicht mehr, so verrückt, ihr. Habt ihr gewusst..?„

Bleibt das Leben zu bestaunen, wie sich die Zufälle ereignen.
Tante G. hat heute Geburtstag.
Vor einem Jahr hatte sie alle in der Familie eingeladen
und ein großes Fest gefeiert.
Ja, sie sollten sich alle sehen und kennen lernen.
Und wenn es der 85. Geburtstag ist.
Und wenn sie sich noch nie gefeiert hat.
Diesmal will sie das, Und sie tut es.
Ja, das hat sie gewollt und sich diesen Wunsch erfüllt.
Ja, und alle sind gekommen und haben mit ihr gefeiert.
Das war vor einem Jahr.
So fiel es dem Paar leicht ihr zu sagen,
dass sie gekommen waren um ihren Ehrentag mit ihr zu feiern
und ihr zu gratulieren.

„So verrückt, na, ist das verrückt„ strahlt Tante G.
und schüttelt leuchtend ihren Kopf.
„So verrückt, ihr. Und wer alles da ist. Mein Mann."
Tante G.'s Mann ist schon vor Jahren gestorben.

„Hast du ein Flugzeug? Seid ihr geflogen?"
Nein, sie sind mit dem Auto gekommen, so der Mann,
ob Tante G. denn schon einmal geflogen sei?
Er ertappt sich, dass er an die Armen aus dem Osten denkt,
als ob es dort keine Flüge gegeben hätte. Nicht nach Mallorca
oder USA, aber wohl nach Ungarn oder in die Ukraine.

Er findet ihre Frage auch ganz normal, die mit dem Flugzeug.
Es ist ganz hell und warm im Zimmer geworden.
Er hat wie Tante G. und wie seine Frau das Empfinden,
dass das Zimmer fliegt
Nur bei den Söhnen ist er sich im Unklaren,
ob sie die Klarheit ihrer Mutter verstehen.
Er hofft sie mit der Frage zu schützen. Ja.

„Ja" sagt Tante G. „ja, und es war sehr schön.
Ich habe es sehr gemocht. Sehr. Seid ihr Millionäre?"

Die Frau wehrt mit einer abwehrenden Handbewegung
dieses Ansinnen ab, weit davon entfernt, weit.
Es stimmt, aber er hat das Gefühl, sie sagt es eher
wegen der anwesenden Söhne. Und das ärgert ihn.

Seit einiger Zeit hat er Schwierigkeiten mit ihr.
Er empfindet neuerdings ihre Bemerkungen oft als Hiebe.
Von sich weiß er das, aber von ihr ist ihm das neu.
Oder die Härte ist ihm neu. Es klingt oft so unerbittlich.
So ein Niedermachen.
Es ist nicht annähernd das Geld da wie früher, das stimmt.
Aber es war auch früher nicht da, weil es immer gleich weg war,
wenn es da war. Nur heute ist es offensichtlich,
weil nicht gleich und schnell das Geld nach fließt.
Es rinnt eher, und das macht natürlich unsicher,
wenn man vorher aus dem Vollen geschöpft hat.
Aber beide haben sich entschieden mit der Situation
positiv umzugehen und neue Wege zu gehen
um wieder an den Geldfluss ranzukommen.

Nur, wenn er davon spricht, wie er von ihr irritiert ist,
dann erklärt sie es als ganz anders.
Das nimmt seine Betroffenheit nicht weg,
spornt ihn aber an genauer zu schauen,
was Sache ist, wo die Wurzeln sitzen.
Wie er lernen kann, damit harmonisch umzugehen.
Er will es lernen, sie sind ja ein Paar.

So wendet er sich an Tante G. und sagt ihr liebevoll, ja,
sie seien reicher als Millionäre, sie hätten goldene Herzen.

Und Tante G. nickt und strahlt.
Auch wenn er es nicht sehen kann, so fühlt er das Licht,
das alle einhüllt, in dem alle geborgen sind,
die jetzt in diesem Raum versammelt sind von der irdischen Welt.
Und auch aus der Lichtwelt ist Tante G.'s Mann anwesend,
ihre Schwester, die Mutter von der Frau des Mannes,
die von allen geliebte Omi, und sicher auch viele Engel
und Helfer, die, noch unsichtbar, scheinen und strahlen.

Eine tiefe Zärtlichkeit hatte den Mann durchflutet,
als er Tante G. streichelte und ihr alles,
alles Gute zum Geburtstag gewünscht hatte.
Der Frau ist es ebenso ergangen.

Und so sitzt das Paar einfach da und fühlt den Segen
und die Liebe Gottes als Heilschwingen
und Boten der geistigen Welt. Das Tor ist offen,
Tante G. bereitet sich vielleicht vor hindurch zu gehen?
Weiter in das Leben hinein zu fließen?
Mit allen Ernten des irdischen Lebens.

Von Minute zu Minute wird sie zarter und lichter, hell und leicht.
Immer wieder erklingt Lachen tief aus dem Innern von Tante G.
und auch von den beiden, dem Paar. Rollend und heiter.

„Ist das verrückt, na, das ist verrückt .“
So begleitet Tante G. das Lachen.

Dann ist die Tochter gekommen, mit ihrem Mann. Die sitzen jetzt.
Der Sohn, der eben noch saß, der geht jetzt. Das Paar sitzt noch,
und die Tochter mit ihrem Mann, die sitzen jetzt
in der zweiten Reihe. Wie beim ZDF, in der zweiten Reihe
sehen sie besser, oder so ähnlich lauten die Werbesprüche,
die blöden, die man ständig eingebläut bekommt.
Keiner will sie haben, Lügen sind sie allzumal,
verdrehte Wirklichkeit und wirklich verdreht.

Bei Tante G. hier im Zimmer gibt es klare Wirklichkeit,
das ist echte Werbung. Für die Hochzeit.
Und die ist immer und ewig.

Die Worte, die gewechselt werden, bleiben nicht und haften nicht.
Mal dies, mal das. Ein neues Taschentuch, Papier entfalten,
in die zarten Finger geben, die Hände sind leicht schwitzig.
Vorsichtig die Augen tupfen, die Nase.

Schnelle Blicke des Mannes, das Zimmer ausmessend.
Und selbstverständlich bewertend. Zwei Fenster mit Blick
in den Park. Schöner Blick in den Park, alte Bäume.
Herrschaftlich wie das Gebäude. Sehr gut. Staunen.

Staunen. Das Zimmer ist ein Jungmädchenzimmer.
Ganz klar und rein. Ein Gretchenzimmer wie bei Faust.
Der alte Goethe, wenn er gewusst hätte, dass Tante G.,
sechsundachtzig Jahre alt, in so einem Gretchenzimmer lebt.
Wie hätte er seine Geschichte gewebt?
Der Mann kennt den Faust. Er hat ihn studiert,
weil ja Goethe so ein deutscher Heiliger ist, immer noch.
Er wird öfter zitiert als Jesus. Und dem Mann war aufgefallen,
dass die Tragödie gar keine hätte werden müssen,
wenn der Faust klar genug gewesen wäre das Gretchen
zu heiraten, und es zu seiner geliebten Frau zu machen.
Dann hätten beide in Frieden leben können. Bis an ihr selig Ende.

Der Bruder hätte nicht sterben müssen, die Mutter auch nicht.
Gretchen wäre nicht verrückt geworden,
das Kind der Beiden, Euphorion, hätte leben können,
Faust hätte kein Mörder sein müssen.
Was für eine deutsche Familie.
Der Mann, ein mehrfacher Mörder,
hat Schwiegermutter und Schwager ermordet.
Die Frau, in wilder Ehe mit ihm lebend, eine Kindsmörderin,
tötet ihr eigenes neugeborenes Kind
und wird darüber wahnsinnig.
Hätte dieser deutsche Mann auf sein wahres Herz gehört,
mit Verantwortung hätte er die Ordnung des Kosmos geehrt.

Und der Teufel hätte auch gelernt,
dass es wirklich spannender ist nicht so verderbt zu sein,
aber wirklich zu sein und Werden zu sein.
Nur dann hätte Goethe nicht Goethe werden können,
und die Deutschen hätten, wenn sie das verstünden,
sicher die Spaltung als Teilung erfahren,
ohne dass sie getrennt gewesen wären.
Das ist das wahre Kapitel von der Einheit.
Und dem Mann erst nur versteckt bewusst.

Das Zimmer aber gefällt ihm. Wunderbar.
Nichts Altes, kein Altersheim.
Ein Clown hockt auf dem Regal oberhalb des Bettes
und ein schönes Blumenbild, das die Frau gemalt hat,
hängt an der Wand. Die Frau ist Malerin.
Nur Blumen sind ihre Motive.
Und in den Bildern schwingen immer Seele und Licht.

Viele Menschen fühlen sich angezogen von ihren Bildern,
ohne zu verstehen, dass sie sich selbst begegnen,
wenn sie in den Duft der Bilder kommen.

Es gibt heute zum Geburtstag viele Blumen und bunte Blumen,
selbst das ist heute nicht mehr selbstverständlich,
und eine größere Schale mit Konfekt steht auf dem Gabentisch.
Gutes Konfekt, und die Schale ist groß.
Es ist eine feine Familie, sie meinen alle Großzügigkeit,
wenn sie feiern. Es kommt immer vom Herzen.
Das hat der Mann jedes Mal wahrgenommen, wenn das Paar
zu Besuch war. Auch, wenn sie zu Beerdigungen gingen.

„Ich habe einen Buckel , einen Buckel habe ich."

Tante G. liegt für ihr Empfinden ganz ungemütlich.
Schräg im Bett und etwas zur Seite gerutscht.
Es dauert seine Zeit, bis sie mit ihrer Lage wieder zufrieden ist.
Das erinnert den Mann an ihre Schwester,
die von allen geliebte Omi, der Mutter seiner Frau.
Sie wurde wirklich von allen geliebt.
Sie konnte am Ende auch nicht mehr sorglos liegen,
und jeden Moment waren ihre Töchter bemüht
auf Zeichen von ihr zu lauschen. Und sie bei Bedarf umzubetten,
oder ihr ein mit Spitzen besetztes Kissen unterzulegen.
Arm, Rücken, auch die Beine stützen.
Es ging am Ende gar nichts mehr, aber es war ein hohes Fest
an tiefer Freude noch mit ihr zusammen sein zu dürfen
und zu wissen, dass es für immer
die letzten Stunden sein würden.
Als dann der Sarg im Wohnzimmer
auf dem weißen Teppich stand und sich nur in der Größe
von der Anrichte und dem Buffet unterschied, Omi im Sarg ruhte,
und die ganze Familie von ihr kniend Abschied nahm,
war das für alle ein Zeichen des Aufgehobenseins in Gott.

Der Mann war damals sehr tief berührt
und er hatte sich im Stillen bedankt,
dass er zu einer Familie gekommen war,
die ihm dieses Geschenk, eine Familie zu sein, gemacht hatte.

Mit der Omi ist dann viel gegangen,
das hat sie noch wertvoller gemacht.
Und die Gedanken des Mannes weilen öfter bei ihr,
wie sie in dem Sarg lag, und die feinen, weißen Spitzenvorhänge
im Wohnzimmer, und die Sonne, die voller Milde, wie goldenes
Glück, die Angehörigen in den Abschiedsschmerz hüllte.

„Ich habe einen Buckel ."
Tante G. war so nahe, wie es nur ging, an das Paar gerutscht.
Jetzt, wo Tante G. wieder zurechtgerückt war,
hatte der Mann das Bedürfnis zu gehen.
Wenn das Glas voll ist, oder die Vase,
dann stellt man den Wasserhahn ab.
Sonst läuft das Wasser über.

So geht das Paar zum Kaffee trinken, wie sie sagen,
und liebevollst mit Grüßen und bis nachher räumen sie
die erste Reihe. Die Familie, die immer mit ihr lebt, mit Tante G.,
hat jetzt wirklich das Recht in der ersten Reihe zu sitzen.

Wieder den hellen Gang hinunter gegangen,
also in die andere Richtung. Die Zimmer waren noch da,
die Gehwagen und die Alten, und der alte Körper wie vorher,
unverändert leblos lebendig, verdreht und starr,
im Bett von der Sonne beschienen.
Auch bei genauem Betrachten blieb alles beim Alten.
Der leise Geruch immer noch wahrnehmbar.

Das Paar erfragt den Weg zum Cafe.
Der älteste Sohn gibt Auskunft. Er hat hier fast immer gelebt.
Rechts die Strasse geradeaus über die Bahngleise,
nach der Bahnschranke wieder rechts,
da gibt es ein gutes Stadtcafe, am Marktplatz.
Es ist ein Außenbezirk der Stadt Leipzig.
Für das Paar nicht selbstverständlich deutsch,
weil sie früher in der DDR lag. DDR war.

Für den ältesten Sohn liegt München
in den ehemaligen alten Bundesländern.
Da muss dann der Mann wieder etwas schlucken,
alte Bundesländer, ach so, Bayern.
Völlig unverständlich, dass Bayern ein altes Bundesland sein soll.
Ob das allen Deutschen so geht?
Die Bayern haben darüber sicher noch nicht nachgedacht.
Altes Bundesland.

Dann geht das Paar im Augenblick in dem Gebiet
der ehemaligen DDR spazieren, jetzt im neuen Bundesland.
Für das kosmopolitische Westhirn des Mannes
ist diese Realität tatsächlich konfrontierend.
Trotz Feiern und Gesprächen schimmert
der Graben des ungelebten Nichtverstehens.
Gehen die Zwei auf deutschem Boden?
Oder gehen sie in den neuen Bundesländern?
Und kommen aus den alten Bundesländern?

Sie gehen auf deutschem Boden.
Und da, wo sie gehen, ist die Heimat. Punkt.
Schritt für Schritt erobern sie sich gute Laune.
Gemeinsam sind wir deutsch. Können unterscheiden.

Langsam kommt ein Lächeln,
und das ist gemeinsam. Deutsch – Deutschland.
Wir leben drin, wir bauen dran. Wir gehen gut damit um.
Wir sind angekommen und können sagen, dass es über Erwarten
gut läuft. Das Kennenlernen und das Zusammenwachsen, und
das zu Grunde gehen, um sich an den Wurzeln wiederzufinden.

Die Reise der Einheit und das Überwinden der Spaltung.
Merkwürdig, als das Wort Einheit aufgekommen war,
da schien auch alles gleich zu gehen.
Aber es lief nicht so, wie es gehen sollte.

Wer ist schon auf die Idee gekommen,
dass die Zeit gekommen war, zu erkennen,
dass wir in diesem Deutschland die Spaltung gelebt hatten.
Und jetzt die Lernaufgabe dran ist die Spaltung
als Spaltung anzunehmen. Nicht so tun,
als sei man getrennt und mit Abschaffung der Spaltung
arbeitet das Volk an der Einheit. So läuft das nicht.

Es geht wie beim Renovieren.
Du fängst an, und alles wird furchtbar ungemütlich und dreckig.
Du kannst dann in deiner Wohnung zum Beispiel
gar nicht mehr sein, nur zum Arbeiten, und dabei wirst du dreckig.
Schön willst du es haben, aber nicht schön dreckig.
Da darfst du schon klar sein, dass du einfach weitergehen musst
um zu dem Ergebnis zu kommen, dass alles wie am Schnürchen
läuft, schöner wird als vorher, leichter, lichter, eben renoviert.
Das Alte neu. Und den ganzen Dreck bist du dann los.
Dann putzt du dich, dann feierst du, lädst deine Gäste ein
und atmest durch. Geschafft. Alles ging gut, du siehst,
es ist besser gekommen, als du es gedacht hattest,
und jetzt läuft alles nach Plan.
Wie war das am Computer ?
Vorher planen, zwischendurch prüfen und vorsorglich absichern.

Endlich mit der Zeit, vergisst du, was du alles geleistet hast,
suchst neue Aufgaben.
Aber, wenn du Pflegen nicht gelernt hast, hast du ein Problem.
Du wirst alles tun, damit du meckern kannst.
Du vergisst, dass du ein König warst, als du im Dreck standest.

Du vergisst deine Vision ein neues Haus
oder eine neue Wohnung zu haben. Schöner als vorher.
Du schimpfst, klagst, bemitleidest dich
und machst andere für deinen Dreck verantwortlich.
Du schlägst dich auf die Seite von dir,
wo du kläffst wie ein Straßenköter. Du schimpfst und wehklagst.

Der beste Weg sich zu erinnern,
ist an deiner Freude anzuknüpfen. Die du hattest.
Als du angefangen hast. Wozu ? Dich zu entscheiden
dich zu verändern. Freude war die Triebfeder.
Freude ist die Triebfeder. In der großen Weltenuhr.
Diese Freude solltest du auch immer feiern.
Und, wie gesagt, dich an diese Freude erinnern.
Und diese Freude leben.
Und diese Freude leben.
Das sind die besten Voraussetzungen
deine Wohnung zum Blühen zu bringen.
Dann ist sie ein Umschlagplatz für Freude und Gelingen,
für Wohlstand und Reichtum.

Es sind schon eigene Gedanken,
die das Paar miteinander tauscht, als es durch die Straßen geht.
Der Teil Leipzigs, durch den sie stiefeln,
kommt ihnen wie eine deutsche Kleinstadt vor.
Dem Mann kommt Auerbach's Keller in den Kopf.
Faust und Mephisto. Goethe.

Das Unfassbare, das Glück, den Segen
sehen und begreifen wollen.
In Deutschland ist ohne einen Gewehrschuss
ein Volk zusammengekommen.
Die Freude hat als Triebfeder den Ausschlag gegeben.

Wir gingen gut mit uns um,
würden wir jedes Jahr eine Woche lang feiern
und uns beglückwünschen.
Oder will der deutsche Faust nie erwachen?

Er muss, er muss erwachen. Schon sein Name, Heinrich Faust,
die todreiche Faust. Gevatter Hein, Gevatter Tod,
rich steht für reich, und die Faust ist die geballte Hand,
kein Empfangen und kein Geben. Kein Mensch. Unmenschlich.
Heinrich Faust kann nur kriegen, wenn er haben will.
Und wie will er mit sich und anderen in Frieden leben,
wenn er „Sein" missbraucht? Bewusstsein. Bewusst sein.

Das ist so ein Gebiet,
das der Mann gerne mit seiner Frau erörtert.
Bewusstsein, possesiv Pronom, Besitz ergreifendes Fürwort.
Zu wem gehöre ich bewusst?
Wenn ich es nicht weiß, habe ich ein Problem.
Nichtwissen ist das Problem.
Nur, wie soll Nichtwissen ein Problem sein,
wenn ich nicht das Problem weiß?

Faust will recht haben, auch wenn er sagt, er will wissen.
Es ist die Frage ob du leben willst.
Oder es ist die Frage, ob du recht haben willst.
Im ersten Fall hast du recht.
Im zweiten Fall hast du unrecht.
Der deutsche Faust wird erwachen, weil seine Zeit gekommen ist.
Und der deutsche Michel wird ihn unterstützen,
nicht helfen, das ist zuwenig.
Aber unterstützen, das geht wirklich und wirkt.
Im Frühling muss alles erwachen und wachsen.

„Vom Eise befreit sind Strom und Bäche
durch des Frühlings holden, belebenden Blick.
Im Tale grünet Hoffnungsglück.
Der alte Winter, in seiner Schwäche,
zog sich in rauhe Berge zurück.."

Da kommt es wieder, das rollende Lachen aus dem Bauch.
Und Tante G. lacht mit. Wir müssen glücklich sein.
Das ist wahre menschliche Bestimmung.

In den Straßen die Häuser, auf den Plätzen, alle schon renoviert.
Mit Freude belebt, welch ein Klingen,
welch ein Jubel kann anheben. Welch eine Vision
vom gemeinsamen Teilen können wir leben in Deutschland.

In der Sonne gehen ist herrlich und zum Genießen.
Das Paar tut es. Kommt so selten vor,
am 19. Oktober eine Sonne, warm wie im Sommer,
und das Laub golden wie sonst nach dem ersten Frost. Erntezeit.

Das Paar läuft durch die Straßen, keine sichtbare Erinnerung
an eine alte Welt. Im Stadtcafe, das Paar und der Ober werden,
sind Geschichte.

Am Marktplatz liegt das Cafe,
der Eingang in einer ganz schmalen Gasse,
man kann gar nicht nebeneinander gehen, nur hintereinander.

Das Cafe wird bestimmt von der großen Kuchentheke
und einer langen, hohen Treppe, die in das Dach
nach oben führt. Das Cafe ist eine alte, umgebaute Scheune,
unten alles ein bisschen eng. Der Treppe mit den Augen folgend,
öffnet sich eine schöne Weite unter dem Dach.

Fast hätte der Mann sich unten hingesetzt.
Er musste an den Ober denken.
Der muss viel laufen, wenn das Paar sich oben hinsetzt.
Aber der Ober muss damit rechnen,
dass die Gäste nach oben gehen, weil es da auch schöner ist.
Vielleicht sieht er das aber anders.
Dann wäre es für ihn schöner, wenn das Paar unten bliebe.
Nach oben, nach oben, beide sind sich einig.
Oben ist alles leer. Später wird noch ein Tisch besetzt.
Aber schön sonnig ist es hier und eben sehr geräumig.
Große Pflanzen.

Ja, nun geht das Spiel an, das Spiel des Bestellens.
Bitte einen Kaffee, einen Capuccino.
Dann, nach einer längeren Pause,
der Ober ist schon etliche Schritte gegangen,
kommt vom Tisch des Paares
in seinen Rücken
und Wasser bitte.
Aber eine große Flasche, bitte.
Diese Wahl wird stockend beantwortet.
Sprudel, still oder Medium ? Nein, Medium bitte.
Dabei legt der Ober die Karte auf den Tisch
Die Frau zaudert, der Ober geht.

Das macht die Frau oft, sie zaudert,
als verstünde sie nicht.
Ihr Gesicht ist dann ganz abwesend.
Dabei will sie es nur recht machen und überlegt.
Das wirkt wie zaudern.
Der Mann muss dann immer sehr schnell sein.
Wenn er in sie verliebt ist, stört ihn das nicht.
Wenn er voller Liebe ist,
sieht er sie so gerne an, wie sie lacht, spricht.
Er geht dann mit ihr mit.
Aber in den Stunden oder Zeiten,
wo er nicht in sie verliebt ist,
fiedelt es ihn.
Früher gab es deswegen immer Krach.
Jetzt zügelt er sich
und gibt sich die Hoffnung,
dass er lernen kann harmonisch zu bleiben.

Manchmal gelingt es.
Immer öfter. Heute gelingt es.

Der Ober ist schon wieder weiter vom Tisch entfernt,
als er im Rücken
zu hören bekommt,
eine Änderung bitte.
Wir nehmen das Italienische.
Ist aber ganz still.
Kommt vom Ober,
Der bekommt zur Antwort
gut, dann das Medium.
Das Deutsche.

Der Mann bekommt
einen Augenaufschlag vom Ober.
Wie Pingpong Bälle,
die Pferdemist fallen lassen.
Dann rauscht der Ober ab.

Als der Ober wieder die Treppe hochkommt,
nach geraumer Weile,
trägt er auf seinem Tablett eine Tasse Kaffee
und eine Tasse Capuccino
und eine große Flasche Wasser
und ein Glas.
Ein Paar.
Aber zwei Münder.
Bitte noch ein Glas.

Es sind immer viele Treppenstufen zu gehen.
Die Tenne ist hoch.
Wieder vergeht viel Zeit.
Dann endlich das zweite Glas.
Das Paar könnte aus einem Glas trinken,
aber der Ober darf schon zwei Gläser servieren.
Bei zwei Personen.
Wenn es auch ein Paar ist.
Das gehört sich so.

Und jetzt kommt die Bestellung für das Eis.
Torte ist um diese Tageszeit zu mächtig.
Das Eis ist hausgemacht.
Hausgemacht klingt nach Qualität.
Hausgemacht muss lecker sein.
Einmal drei Kugeln.
Himbeere, Schokolade und Vanille.
Mit Sahne. Für die Frau.

Und noch einen Becher für den Mann.
Drei Kugeln.
Das Paar spricht sich da nie ab.
Aber rettet sich gegenseitig.
Vor dem schlechten Gewissen.
Eis ist doch ungesund und zuviel ist zuviel.

Drei Kugeln mit Sahne.

Die Sahne fügen beide nach einer Pause hinzu.
Immer.
Nach einem kurzen Kampf.
Bei dem der innere Schweinehund gesiegt hat.
Immer.
Menschlich.
So trösten sie sich.
Immer.
Er muss dann noch etwas Philosophisches hinzu garnieren.
Immer.
Sie schweigt davor und danach.
Immer.
Aber immer müssen beide lächeln.
Immer.

Drei Kugeln.
Eine Haselnuss,
einmal Strattiacella und einmal Multivitamin.
Das liest er zum ersten Mal.
Und denkt an den ganzen Werbekram.
Ach was.
Probieren geht über studieren.
Ja, und einmal noch Multivitamin Eis.

Der Ober geht.
Der Ober kommt zurück.
Eine lange steile Treppe.
Runter, rauf.
Mit einem Block kommt der Ober rauf.
Der Ober nimmt die Bestellung schriftlich auf.

Noch mal.
Also 1 Becher Himbeere, Schoko, Vanille.
Mit Sahne.
Und was noch?

Was noch ?
Einen Becher Haselnuss-
der Mann mag Haselnuss am liebsten -
und Strattiacella, Multivitamin Eis.
Mit Sahne.

Der Ober schreibt. Mit Sahne.
Mit Sahne. Das Paar nickt.
Mit Sahne. Der Ober geht.
Was kommt?
Nach einer langen Weile?
Der Ober kommt die Treppe rauf.

Aber keine Becher.
Keine Kugeln.
Nur flache Schalen.
Mit Kügelchen von Eis.
Aber hausgemacht.

Der Mann bekommt Himbeere,
Strattiacella, Multivitamin.
Mit Sahneklacks. Himbeere!
Himbeere, ja.
Kommt vom Ober.
Ihre Bestellung ist in dem Becher.
Der Ober zweifelt.
Seine Stimme ist leicht erhoben.
Der Mann will sein Haselnuss Eis.
Im Block nachschauen.
Mein Haselnuss Eis bringen.
Haselnuss habe ich bestellt.
Das weiß ich.
Das esse ich am liebsten.

Früher hätte er gesagt,
das macht ja nichts,
so was kommt vor.
Der arme Kerl muss noch mal Treppen laufen,
verzichte ich eben auf Haselnuss,
hat er früher gedacht.
Aber jetzt vollzieht sich ein Wandel.
Der Mann ist es sich wert.
Sein Haselnuss.
Bezahlen tue ich aber nur drei Kugeln,
das geht in den Rücken des Obers.

Und zu ihr gewandt,
wenn Haselnuss nicht dabei ist,
vielleicht ist das eine Warnung,
ich sollte gar kein Eis essen?
Sie schweigt, lächelt und genießt ihr Eis.

Mit ihr geht er immer essen, also oft.
Weil sie das so mag.
Er wird dann immer seinen Grundsätzen untreu.
Er würde sich so gerne ganz gesund ernähren.
aber wenn sie mit Genuss speist.
dann kann er schlecht nur Wasser trinken.
Das Mittelmaß fehlt ihm noch.
Er will auch kein Spielverderber sein.

Fängt das Spiel beim nächsten Mal
wieder von vorne an.
Da siegt sie noch immer.
Immer.
Verliert er noch immer.
Immer.

Das Himbeereis lässt der Mann liegen.
Weil er es ja nicht bezahlt.
Er isst drum herum.
Multivitamin Eis ist absolut nicht sein Geschmack.
Wusste er vorher. Und das Strattiacella.
Mehr kalte Schokoladenstückchen als Eis.
Hausgemacht.
In dem Rumgestochere kommt der Ober.
Kommt die Treppe herauf geschwebt.
Serviert in einem blauen Glasbecher,
hellblau, wie die Vase bei Tante G.,
eine Kugel Haselnuss Eis.
Das schmeckt. Hausgemacht.

Alles geht seinen Lauf,
der Ober muss noch mal die Treppe runter laufen
und kommt wieder rauf, die Rechnung steht noch aus.
Das Paar muss noch die Zeche bezahlen.
Dann geht das Paar die Treppe runter
und verabschiedet sich.
Endlich.

Wieder laufen sie die Straßen entlang.
Den Weg zurück, von wo sie gekommen sind.
Der Weg geht Richtung Altersheim.
Wirklich ein schöner alter Bau,
noch vor den zwei Weltkriegen erbaut.
Der Park, schön, wirklich schön.

Und wieder kommen ihnen Verwandte von Tante G.
aus dem Fahrstuhl entgegen.
Wie Musik. Begrüßung. Noch eine Tochter und ihre Kinder.
Enkel von Tante G. Schon erwachsen, schöne Menschen,
Bruder und Schwester. Und Blumen.
Ein leises Eintreten, wieder angekommen.

Jetzt sitzt die Tochter in der ersten Reihe.
Das Paar in der Zweiten.
Sie wieder an Tante G.'s Füßen, er hinter seiner Frau.
Frieden und Stille.

Nach wenigen Minuten der Stille ein Lebewohl.
Er bricht auf um zu gehen.
Es ist ein Gefühl, das ihn leitet.
Das ihm sagt, es ist gut, ihr könnt jetzt gehen.

Die Tochter will noch Tante G. kämmen,
auch wenn Tante G. sagt, dass sie gar keinen Kamm besitzt.
Die Tochter geht in das Badezimmer und fragt von dort,
welchen von den Vieren willst du haben? Vier Kämme.

Die Engel haben gewusst,
wie kritisch der Mann mit Tante G.'s platt gelegenem Hinterkopf
umgegangen ist. Nur in Gedanken! Ja, aber eben in Gedanken.
Von der lichten Welt wird mit Sorgfalt bedacht,
dass Tante G. komplett intakt.
Die Haare werden von der Tochter liebevoll gekämmt,
vor allem am Hinterkopf.
Jetzt ist Tante G. nur noch lieblich. Heiter, hell.
So löst sich das Paar, küssend, streichelnd und Tante G.:

„ Nach Hause, kommt gut nach Hause, nach Hause.„
So oft sagt sie nach Hause.
Gut nach Hause klingt im Raum, winkt ihr Arm.

Auf der Straße noch ein Auf Wiedersehen vom ältesten Sohn.
Ja, er ist gestern aus München gekommen.
Wenn ihr die Mutter gesehen hättet. Gestern.
Arme weit von sich gestreckt, Augen offen, Mund offen,
keine Reaktion - Blutdruck hoch, Zucker runter,
der Körper will nicht mehr.

Der älteste Sohn hat seiner Mutter, Tante G., versprochen,
dass sie nicht in's Krankenhaus zu den Scheintoten kommt.
Die Mutter bleibt im Altersheim.

Der jüngere Sohn hatte seine Mutter auch so erlebt. Vorgestern.
Plötzlich. Arme weggestreckt, Augen offen, Mund offen,
Blutdruck hoch, Zucker runter.

Gestern wieder. Wie gesagt,
Arme weggestreckt, Augen offen, Mund offen, keine Reaktion -
Blutdruck hoch, Zucker runter.
Der Rettungswagen war da, der Arzt wollte sie einweisen,
der Notarzt hat gesagt, Tante G. soll im Altersheim bleiben.

Der älteste Sohn hatte von aus München telefoniert.
Wenn Sie die Mutter noch erleben wollen,
kommen sie von den alten Bundesländern hoch.
Fahr und bleib da, hatte sein Chef gesagt,
dass du deine Mutter noch siehst,
machst dir sonst ewig Vorwürfe.

Zum ältesten Sohn hat die Mutter immer gesagt,
schau, dass es dir gut geht, dann geht es mir auch gut,
wenn ich dich brauche. Hat Tante G. gesagt.
Immer.
Und er ist gekommen.
Der älteste Sohn.

Alle ihre Verwandten sind da.
Sie bekommen das Lächeln,
das Strahlen ihrer blauen Augen geschenkt.
Und Tante G. kann schenken.

Morgen bin ich beim Bestatter.
Es gibt eine Urne.
Dann können alle planen.
Wir können alle in Ruhe kommen.
Zusammenkommen. Ohne Hetze.
In der heutigen Zeit hat ja keiner Zeit.
So der älteste Sohn.

Wir wissen ja nicht, wann es zu Ende ist.
Aber dann ist alles schon geplant.
Wenn ich in den alten Bundesländern bin.
So der älteste Sohn.

Wie war das im richtigen Leben und mit dem Computer?
Vorher planen, zwischendurch prüfen und vorsorglich absichern?

Und die älteste Tochter kommt.
Sie gesellt sich zu ihnen.
Sie weint.
Tante G.. Sie hat ihr von den blitzenden Lichtern erzählt.
Tante G. hat vom Licht erzählt, das sie einhüllt und vorbereitet.
Damit sie durch das Tor weiter in's Leben gehen kann?
So die älteste Tochter.

Diese strahlenden himmelblauen Augen sind unsterblich.

Aber die älteste Tochter kann das nicht sehen. Sie weint.
Sie lädt sich so viel Schwere auf.
Ihr Rücken ist ganz zusammengepresst.
Die Bandscheiben können nicht atmen.
Die Lebensenergie fließt kaum. Rinnt durch Schwere.

Was aus diesen strahlenden himmelblauen Augen
leuchtet, ist unsterblich.

Der Mann sagt der ältesten Tochter,
auch wenn es an ihren Ohren vorbeiweht,
dass wir Menschen ewig leben.
Der Tod ist ein Tor,
durch das wir fließen,
um in die Ernte zu tauchen.

Und mit der irdischen Reise tiefer,
weiter in den Reichtum des Lebens weiter zu gehen,
so empfangen werden in den Händen der Liebe Gottes.
Er muss es sagen. Auch wenn es nicht gehört wird.
Doch wer weiß das schon?

Der Mann hatte vor einem Jahr,
genau vor einem Jahr,
mit der ältesten Tochter getanzt.
Zehn Tage später
hatten sie ihm das Herz herausgesägt.

Das Herz repariert.
Damit er weiter leben kann.
Er hat darüber erzählt, dass es gekommen war,
wie über den Fluss und zurück.
Die haben so leise mein Herz operiert,
außer dem Tod hab ich nichts gespürt.

Alle Vier,
das Paar
die Frau
und der Mann
und die älteste Tochter
und der älteste Sohn
fühlen sich jetzt wohl
und sagen sich in der Sonne
Lebewohl.

Die Ernte ist reich.
Tante G. hat ihre strahlenden himmelblauen Augen
zum 86. geschenkt.
Danke Tante G..
Du Liebe.

Tante G. und ihr Steckbrief.
Fünf Kinder großgezogen.
Der Mann war Lehrer, nicht von Anfang an.
Er hat seine Gelegenheit zur Umschulung genutzt.
Dann war er Lehrer.
Tante G. hat die Kinder großgezogen.
Immer dafür gesorgt,
dass der Haushalt lief.
Immer.
Dass hieß auch, dass genügend Geld in's Haus kam.
Dass der Haushalt laufen konnte.

Woher sie das bekam?
Heimarbeit.
Oft ging es auch die Nächte durch.
Wieso ? Was hat sie gemacht?
Am Küchentisch gesessen.
Über einen Nagelkamm Haare gezogen.
Haare gekämmt.
Und das immer und immer wieder.
Jahrelang.
Haare hat sie gekämmt.
Über Jahre.
Die Haare konnten dann für Perücken verwendet werden.
Für den Karneval.

Ja. Zum Fasching.
Zum Lachen.
Über die Jahre.
Damit konnte Tante G. die laufenden Kosten bezahlen.

Ihr Mann brauchte sein Gehalt für blauen Dunst.
Der Lehrer.
Blauer Dunst war seine Leidenschaft.
Zigarrenrauchen.
Bis zu fünf an jedem Tag.
Das ging in's Geld.
Fünf für jedes Kind?
Eine Zigarre pro Kind am Tag?
Zigarren waren sehr teuer.
Im Arbeiter und Bauernstaat.
Fünf an jedem Tag.
Das geht in' s Geld.

Die Frau hat es dem Mann erzählt.
Sie war öfter beim Haare kämmen dabei.
Als sie noch ein kleines Mädchen war.
Wenn sie zu Besuch gekommen war, hat sie mitgekämmt.
Und Druckknöpfe für Herrenoberhemden an die Kragen genäht.
Das hat Tante G. auch in Heimarbeit gemacht.

Kommen ihre himmelblauen strahlenden Augen
von diesem Leben?

Wenn wir uns jetzt
wiedersehen, gemeinsam
begleiten wir ihre Asche,
senken wir das Sterbliche
in Mutter Erde zurück.
Tante G. wird dabei sein
mit der ganzen Familie
hier wie dort
denn sie sind eine feine Familie.

Auf der Rückfahrt nach Kleinmachnow bei Berlin
bedankt sich der Mann bei seiner Frau,
dass sie ihn mitgenommen hat.
Du bist doch freiwillig mit, lächelt sie.
Und er muss aufpassen.
Die Spur halten. Die Spur halten.
Der Mann fährt zu schnell.
Aber heute lächelt seine Frau.

WER ICH BIN
UND WER ICH NICHT BIN

Wer ich bin und wer ich nicht bin

Meine Füße sind abgeschnitten und schmerzen ganz allein.
Meine Brust ist voller Leere schwer.
Ich bin mir abgewandert und stehe, eine zerstörte Hülle, wankend
schwankend bis ich niederstürze in so stilles Verzagen.

Ein König in meinem Reich. Gott zu dienen bin ich hier.
Mein Bundesgenosse ist die Liebe. Ich verstehe.
Ich bin dein Gefäß, Herr.
Ich bin bereitet.
Geh' nur weiter, geh' nur zu, nichts soll dich nicht mehr trügen.
Du erkennst dein Königland, so rettet dich Erbarmen.
Erflamme und ersteh' in Gold neu behutsam zutiefst hold.
Das bist du jetzt.

Ich bin platt. Sitze in Brüssel unter Musik.
Sonne spiegelt sich im Eis,
blitzt mir in die Augen, das Wasser schmeckt kühl
und ist reine Delikatesse.
Das kommt alles dem Paradies schon sehr nah.

Was war das eben auf der Probe?
Da erscheint eine junge Dame mit einem ganz schmalen Gesicht,
die Hälfte von dem, was Menschen sonst so aufzuweisen haben.
Sie ist die zweite Konstanze am heutigen Tag,
gerade hatte ich mit Marlies probiert.
Wir kennen uns von London Covent Garden
und haben schon in Frankfurt zusammen die Entführung gespielt.
In den letzten drei Probentagen haben wir verstanden wie
gefährlich dünn und zerreißbar menschliche Beziehungen sind,
wie unendlich zart Mann und Frau sich missverstehen
und jeder den anderen öffnet um ihn tiefer zu verschließen.

Partner für was? Wie sollen sie ein Königland bauen?
Mozart verstand diese Sprache, er war dieses bebende Erleben.

In den wenigen letzten Minuten
hat sich die Atmosphäre auf dem Platz geschüttelt.
Die Luft ist geschwängert von einer Demonstration.
Tobende Wortwellen, völlig unverständlich,
schwappen hier auf den Grasmarkt.
Meine Gedanken ziehen sich von dem dunklen Probenraum
in der La Monnaie auf das Stück Baum Brunnen Idyll zusammen.
Ja, ich höre richtig.

Dieses rhythmische Toben zieht den Leuten die Kleider vom Leib.
Das sind Menschen. Aber wo? Wo sind sie Menschen?

Ein Reh auf der Bühne.
Meine Brille habe ich auf das Textbuch abgelegt.
Gesichter verschwimmen.
Pfeifkonzerte und dumpfes Brüten
verjagen die Bilder von der Probe.

Wir sind im Aufruhr und wissen es noch gar nicht.
Wozu brauchen wir Regeln, gesellschaftliches Auskommen,
wenn wir nicht wissen, warum wir leben?
Was ist des Menschen Sinn auf Erden?

Davon will ich gerade erzählen. Von der Probe.
Das Reh taucht auf und ich bin betroffen.
Es singt zum ersten Mal die Konstanze,
und wir können auch deutsch miteinander sprechen oder englisch
und sie kleidet sich um und trägt jetzt ein zartes Negligee,
das eher aussieht wie ein Beduinenburnus
mit langer schmaler Kapuze.
Seide, hellbeige. Schmal.

Das Reh ist schlank.
Als sie in meine Arme flieht, überrascht mich ihre Kraft.
Für diese Kraft sind die Augen fast zu dunkel.
Was erwartet mich?

Sie soll traurig sein, jedenfalls sage ich es, als Bassa Selim.
Sie löst sich aus meinem Arm, und beide,
der Regisseur und ich, verstehen den Satz, der folgt,
- dir selbst will ich dein Herz zu danken haben, dir selbst –
als den einsamsten und unerfüllbarsten Wunsch.
Wohin geht die Reise?

Gleich sagt sie, du wirst mich hassen, und ich werde lachen,
jetzt das grausamste Lachen,
das jede Brücke über die Abgründe einrollt.
Und sofort nach meinem Nein
liege ich vor ihr auf dem Boden, offen,
und schwöre. Das wollen wir beide nicht.
So scheu und zärtlich ruht sie im nächsten Moment auf mir.
Die Schöpfung reißt.
Mit diesem Begehren, dieser Flamme im Leib,
die unschuldig schuldig Unschuld entzündet -
Wohin? Wohin? Nach Golgata?

- Du weißt, wie sehr ich dich liebe -
und in diesem Gang quer durch den Raum, geschieht es.

Zum ersten Mal in meinem Leben fühle ich mich ganz
In diesem Moment bin ich König und regiere mein Land,
trage die Verantwortung für viele Menschen, für ihr Wohl.

Dieses Wesen zu meinen Füßen,
in diesem Zauber, ausgeliefert zu sein,
ein Geschenk auf Erden, zu einem Ritter werde ich,
es auf seinem Weg zu beschützen.
Dich wie meine Einzige schätze – Unrettbar verloren.
So aufrecht stand ich noch nie in meinem Leben
und wusste mich in eins mit Königen und Kaisern.

Wenn du da angekommen bist, willst du nur noch Gott dienen.
Möge er diesen Wunsch wahr machen.
Sonst ist kein Werden. Hier auf Erden.

Es ist ja nur die „ Entführung aus dem Serail „
und ein winziger Ausschnitt der Probenarbeit für die Aufführung
am 5.September 2006 an La Monnaie.

Womit sich die Fragestellung nach dem wohin ergibt,
ist das von Bedeutung?

Wohin geht die Reise?
Was ist mehr Theater? Die Probe oder der Aufstand?
Der Einzelne oder die Masse?
Es gilt zu verstehen, wenigstens zu befragen den Sinn!

In diesem Moment will ich leben. Jetzt. König sein.
Ich bin nicht außerhalb. Bewundernd oder abgeschreckt.
Ich habe Auftrag und Fülle.
Ordnen statt bewerten.
Menschen verstehen und Wohlstand bereiten.

Nah mit Gott sein müssen,
sonst flutet Enge, Bedürftigkeit fordert ihr Recht.

Das Paradies versinkt in einem Atemzug.
Da will ich leben, wo es mir ersteht und bleibt.
Gott zu dienen ist mein Auftrag, ist mein Weg.

In diesem Augenblick bin ich der König.
Wie dunkel auch der Weg, den ich nicht kenne.